Une innocente sous les projecteurs

MELANIE MILBURNE

Une innocente sous les projecteurs

Traduction française de
CHRISTINE MOTTI

AZUR

HARLEQUIN

Collection : Azur

Titre original :
SHY INNOCENT IN THE SPOTLIGHT

HARPERCOLLINS FRANCE
83-85, boulevard Vincent-Auriol, 75646 PARIS CEDEX 13
Service Lectrices — Tél. : 01 45 82 47 47 - www.harlequin.fr
ISBN 978-2-2804-7372-9 — ISSN 0993-4448

Composé et édité par HarperCollins France.
Imprimé en juin 2022 par CPI Black Print (Barcelone)
en utilisant 100% d'électricité renouvelable.
Dépôt légal : juillet 2022.

FSC www.fsc.org MIXTE Papier issu de sources responsables FSC® C159065

Pour limiter l'empreinte environnementale de ses livres, HarperCollins France s'engage à n'utiliser que du papier fabriqué à partir de bois provenant de forêts gérées durablement et de manière responsable.

1.

Elizabeth fixa sa sœur, sidérée.

— Tu voudrais que je fasse… quoi ? articula-t-elle.

Élodie leva les yeux au ciel.

— Tu as déjà été demoiselle d'honneur, non ? Ce sera…

— La seule et unique fois où j'étais censée jouer ce rôle, l'interrompit Elizabeth, la mariée ne s'est pas présentée. Tu n'as quand même pas complètement effacé Lincoln Lancaster de ta mémoire ?

Élodie écarta cet argument d'un bref signe de la main.

— C'était il y a bien longtemps ! Tout le monde a oublié cette affaire aujourd'hui.

Elle se pencha en avant sur le canapé et posa sur Elizabeth un regard bleu suppliant, pareil à celui d'un chiot sur son maître.

— Alors, tu acceptes ? Tu veux bien me remplacer, juste pour cette répétition de mariage en Écosse, dans les Highlands ? Tu m'as toujours dit que tu aimerais savoir d'où venaient nos ancêtres. De toute façon, je serai de retour pour le vrai mariage. Nous échangerons nos rôles et tu pourras t'échapper par une porte arrière. Personne n'en saura jamais rien.

— Mais pourquoi ne veux-tu pas y aller, toi ? Qu'y a-t-il de si important pour que tu ne puisses pas passer tout le week-end auprès de ton amie ?

Élodie fronça le nez.

— Sabine n'est pas une amie au sens propre du terme, répliqua-t-elle, une pointe de cynisme dans la voix. Je sais bien qu'elle ne m'a choisie que parce que je suis mannequin de lingerie féminine. Elle aime s'entourer d'influenceurs et considère que j'appartiens à cette catégorie. Je ne l'ai pas souvent rencontrée, donc le fait que tu assistes à ma place à cette répétition ne devrait poser aucun problème.

Elizabeth observa le visage parfaitement maquillé de sa jumelle, sa coiffure impeccable, ses mains soigneusement manucurées, et réprima un soupir. Elles étaient certes identiques, mais vivaient dans des mondes opposés. Celui d'Élodie était exotique, vaste et passionnant. Le sien était petit, stable, sûr… du moins aussi sûr que pouvait l'être celui d'une personne souffrant d'une grave allergie aux arachides.

Bien sûr, elle souhaitait venir en aide à sa sœur. Elles étaient proches et s'étaient toujours mutuellement soutenues, mais depuis l'enfance elles n'avaient jamais plus échangé leurs rôles, et un mariage mondain n'était pas une mince affaire. D'autant qu'elle n'était pas très douée pour aller vers les autres, bavarder avec eux. En fait, dès qu'elle sortait de son environnement habituel, elle était submergée par la timidité, ce qui avait pour effet de la tétaniser.

Il n'en restait pas moins que la possibilité de visiter l'Écosse, terre de leurs ancêtres, était tentante. Surtout sans que sa mère surprotectrice insiste pour l'accompagner, ce qui s'était produit la dernière fois qu'elle avait cherché à s'échapper pour un week-end !

Mais…

Jusqu'ici, sa vie avait été faite d'une série de « mais » ainsi que de « et si ». Elle était passée à côté de tant de choses que les gens de son âge considéraient comme acquises, normales… Son univers s'était rétréci, tandis que celui de sa sœur s'amplifiait. La crainte que manifestait sa mère à l'égard de sa survie, et ce depuis l'enfance, avait viré à la pathologie. Pour être honnête, elle devait admettre avoir parfois vécu des moments horribles quand elle était petite, puis à l'adolescence, lorsqu'elle était accidentellement entrée en contact avec des arachides. Jamais elle n'oublierait son premier rendez-vous « amoureux ». Un simple baiser avait suffi à déclencher une violente crise qui s'était soldée par un départ aux urgences de l'hôpital le plus proche en ambulance, avec gyrophare et sirène. Merveilleux souvenir !

Elle était donc bien consciente que voyager n'importe où hors de sa zone de sécurité comportait des risques non négligeables. Supposons que pour une quelconque raison elle se trouve en contact avec un fruit à coque, qu'elle n'ait pas d'EpiPen à portée de la main, que l'hôpital le plus proche se trouve à des dizaines de kilomètres ?

Autre risque, moins grave, mais de taille : celui de se couvrir de ridicule.

— Je ne sais pas…

Se redressant soudain sur le canapé, Élodie mit les mains sur ses hanches et darda sur sa sœur – née dix minutes après elle, ce qui lui conférait le statut d'aînée – un regard sévère.

— Tu vois bien ? Tu réagis toujours de la même façon, Eliz !

— C'est-à-dire ? demanda Elizabeth, étonnée.

— Tu te restreins toi-même. Tu dis non, alors qu'au fond de toi tu as envie de dire oui.

Élodie glissa une main dans ses longs cheveux bouclés, dont la couleur rappelait celle du cuivre, avant de reprendre :

— Et cette réaction est liée à maman qui t'a toujours surprotégée. Il faut que tu sortes davantage pour lui prouver ce dont tu es capable. Et c'est là l'occasion rêvée ! Ta vie se limite à la bibliothèque où tu travailles. Tu n'as pas eu de rendez-vous avec un homme depuis l'âge de dix-huit ans. Ça semble à peine croyable ! Et quand tu ne travailles pas, tu restes seule. Tu n'as pas envie de connaître la vraie vie ? De rencontrer des gens ? De t'amuser ?

Les propos de sa sœur contenaient une part de vérité, Elizabeth en était consciente. Vérité à laquelle elle évitait depuis longtemps d'être confrontée. Son univers était réduit, très réduit. Et depuis un certain temps, elle avait l'impression que les murs se resserraient davantage encore autour d'elle, au point de parfois l'oppresser. Mais cela ne signifiait pas pour autant qu'elle soit prête à chausser les escarpins à hauts talons de sa sœur et à endosser son rôle pendant vingt-quatre heures en Écosse !

— Tu n'as pas répondu à ma question, Élodie. Qu'est-ce qui t'empêche d'assister toi-même à la répétition de ce mariage ? Pourquoi faudrait-il que je te remplace ?

Élodie posa les mains sur ses genoux croisés et dévisagea sa sœur. Ses yeux luisaient, reflétant un enthousiasme mal contenu.

— Parce que j'ai une réunion top secret à Londres, concernant un éventuel soutien financier pour mes créations. Tu sais que je rêve de lancer ma propre marque.

L'expression de son visage s'assombrit soudain, tandis qu'elle ajoutait :

— Cette chance ne se représentera plus, Eliz. Je ne veux pas compromettre mon contrat actuel, donc personne ne doit savoir que j'envisage de partir. Je tiens à ce que tout soit bien organisé avant de donner ma démission.

Elizabeth ne comprenait que trop le désir de sa sœur de quitter le monde du mannequinat de lingerie. Introvertie comme elle l'était elle-même, elle ne pouvait imaginer rien de plus terrifiant que de défiler sur un podium, vêtue en tout et pour tout d'un slip et d'un soutien-gorge, ou encore d'un bikini. Jusqu'ici, pourtant, sa jumelle qui était, elle, extravertie, avait apparemment apprécié d'être sous le feu des projecteurs. Elle lui avait aussi toujours donné l'impression de savourer les séances photo qui se déroulaient la plupart du temps dans des lieux exotiques.

Il suffisait qu'Élodie publie sur son compte Instagram une photo d'elle avec un nouveau modèle de bikini pour que les ventes s'envolent. Elizabeth quant à elle ne fréquentait pas les réseaux sociaux et ne portait pas de bikini. Les maillots une pièce lui suffisaient amplement. Elle ne tenait pas plus à montrer son corps qu'à étaler sa vie privée.

Soit, mais quel risque prendrait-elle en quittant sa zone de confort pour vingt-quatre heures ? Quel danger représentait le fait de remplacer sa sœur jumelle pendant ce bref laps de temps ? Elle en profiterait pour découvrir ce qui se passait derrière ces parois qu'elle avait elle-même dressées autour d'elle ! Et la requête d'Élodie était très raisonnable. Elle n'attendait pas d'elle qu'elle pose en bikini, mais qu'elle se substitue à elle. Et pas même pour la cérémonie de mariage, seulement pour la répétition.

— Est-ce que tu connais quelqu'un d'autre qui assistera à ce mariage ? Je veux dire, en dehors de la mariée elle-même.

Élodie se redressa pour prendre son verre sur la table basse.

— Il y aura peut-être une ou deux de mes connaissances, répondit-elle en évitant le regard de sa sœur.

Elizabeth se mordilla les lèvres et changea à son tour de position. Elle ressentit un frisson dans tout le corps, comme si une rafale de vent froid venait de s'engouffrer par la fenêtre.

— Et si… si quelqu'un s'aperçoit que ce n'est pas toi qui es présente ?

— Qui pourrait le deviner ? Eliz, c'est toi qui as insisté pour que je ne révèle jamais à qui que ce soit que j'avais une jumelle identique, quand j'ai commencé à travailler dans le mannequinat. En interview, je me suis toujours bornée à dire que j'avais une sœur cadette, sans entrer dans les détails. Il ne pourra y avoir aucune atteinte à ta vie privée, puisque tout le monde sera convaincu d'avoir affaire à moi. De plus, tu n'apparais pas sur les réseaux sociaux et, dans la mesure où tu as été scolarisée à la maison, nous n'apparaissons ensemble sur aucune photo d'école. Personne ne sera capable d'établir le moindre lien entre nous, nous ne courons aucun risque. Tu peux me faire confiance.

— Tu as oublié ton mariage ! Certaines photos ont été divulguées en ligne, tu t'en souviens ? Et les gens s'en sont pris à moi, pensant que j'étais au courant de ce qui allait se produire. J'ai sûrement été citée comme ta jumelle dans au moins deux articles de presse.

Élodie fronça les sourcils, mais ne tarda pas à retrouver son expression tranquille.

— C'était au début de ma carrière, personne ne s'en souvient aujourd'hui. À cette époque-là, Lincoln était plus connu que moi.

— Il suffira de quelques recherches sur Internet pour retrouver les traces de l'événement.

— Tu te fais beaucoup de souci pour pas grand-chose, insista Élodie en haussant les épaules.

Elizabeth avait de bonnes raisons de fuir l'exposition médiatique dans laquelle se complaisait sa sœur. Cette dernière avait toujours aimé jouer de son physique, attirer l'attention, à l'inverse de sa jumelle, qui cherchait depuis sa plus tendre enfance à passer inaperçue. Elizabeth ne supportait pas l'idée que des journalistes se lancent à sa poursuite dans la rue, la prenant pour Élodie. Et moins encore qu'ils s'immiscent dans sa vie privée pour alimenter les magazines à scandales. Ce qui lui semblait plus insupportable encore, c'était que l'on puisse la comparer à sa pétillante jumelle – toujours en sa défaveur, bien entendu. Elle n'était ni charmante ni exubérante.

Pourtant, la perspective de se faire passer pour Élodie pendant vingt-quatre heures provoquait en elle un étrange état d'exaltation. C'était là l'occasion de sortir de son cocon. Ce cocon dans lequel sa mère l'avait enveloppée dès sa première réaction anaphylactique, à l'âge de deux ans. Or elle n'avait plus deux ans, mais vingt-huit ans à présent, et ne supportait plus d'être ainsi couvée. Emménager dans son propre appartement un mois plus tôt avait été son premier pas vers plus d'autonomie. Qui sait, l'expérience que lui proposait de vivre sa jumelle l'aiderait peut-être à prouver à sa mère qu'elle était capable de se déplacer sans se mettre en danger de mort ?

— Bon… D'accord.

Élodie se leva d'un bond et la serra si fort dans ses bras qu'elle faillit la soulever du canapé.

— Oh ! merci, merci… mille fois merci, Eliz !

Elle accompagna ces mots d'un baiser sonore sur les joues d'Elizabeth, qui changea aussitôt de position pour échapper à cette explosion de joie.

— Inutile d'applaudir avant la fin du spectacle, lâcha-t-elle avec une petite grimace. Il ne faudrait pas que ça nous porte malheur.

— Tout va se passer à merveille, j'en suis sûre ! Rappelle-toi la fois où nous avons échangé nos rôles pour rendre visite à papa. Nous avions dix ans à peine. Il n'a rien remarqué de tout le week-end.

— Oui, mais ça en dit plus sur papa que sur nos talents d'actrices, même si tu as fait cette fois-là une excellente prestation en prétendant être un rat de bibliothèque.

Cela relevait en effet de l'exploit, Élodie étant atteinte de dyslexie et évitant le plus possible d'être confrontée à la lecture. Elizabeth pour sa part lisait depuis l'âge de quatre ans et, dans la mesure où elle avait été scolarisée par sa mère à la maison, en raison de son allergie, elle avait toujours vécu entourée de livres. Aujourd'hui, le poste de bibliothécaire qu'elle occupait lui convenait donc à merveille : elle était payée pour faire ce qu'elle adorait.

Élodie fronça le nez en riant.

— Je me souviens que ça n'a pas été facile. J'avais l'impression que les mots tournicotaient sous mes yeux. Je préfère mille fois un magazine de potins juteux !

— Même si les potins en question te concernent ?

Les yeux d'Élodie s'illuminèrent.

— Surtout s'ils me concernent !

— Je ne peux rien imaginer de pire, répliqua Elizabeth avec une moue éloquente.

Mack McDiarmid surveillait de près les préparatifs du mariage qui allait se dérouler à Crannochbrae, le domaine qu'il possédait à la campagne. Il n'appréciait pas particulièrement les mariages mais, comme son jeune frère Fraser souhaitait se marier dans la propriété familiale, il n'avait pas ménagé les frais afin d'en faire un événement inoubliable. Que son cadet au comportement instable semble enfin prêt à se ranger était sans nul doute une décision à célébrer dignement. Mack avait passé bien assez de temps à s'inquiéter de la tendance de celui-ci à agir de façon impulsive et irresponsable. La fiancée de Fraser,

Sabine, était arrivée au bon moment, et Mack espérait que la solidité qu'il percevait en elle aiderait son frère à se stabiliser. Jusqu'ici cela se présentait sous de bons auspices, mais son cynisme naturel l'incitait cependant à une certaine méfiance. Rien n'était joué.

Le jardin où se dérouleraient les festivités n'avait jamais été aussi beau. En pleine floraison, les glycines qui bordaient l'allée centrale répandaient leur doux parfum. Le château avait été nettoyé de fond en comble, et tous les meubles, les sols, les luminaires, luisaient. Les chambres n'attendaient plus que l'arrivée des invités. Dans la cuisine, un chef et sa brigade s'affairaient à préparer les différents menus prévus pour le week-end. Même la météo, particulièrement capricieuse cet été-là, avait décidé de contribuer à la réussite du mariage. Si le temps était un peu nuageux, les prévisions s'annonçaient prometteuses pour le lendemain. Une tempête était annoncée en soirée, mais la cérémonie serait alors terminée.

Sabine allait et venait, s'assurant que tout se déroulait comme prévu. C'était là le rôle de l'organisateur du mariage, grassement payé pour s'acquitter de cette tâche, mais la jeune femme n'était pas du genre à céder à un autre le contrôle de la situation. Mack était toutefois mal placé pour le lui reprocher, vu qu'il avait lui-même tout vérifié trois fois, pas une de moins.

Il tenait à ce qu'aucun incident ne se produise au cours du mariage de son frère – ce qui signifiait qu'il serait chargé de garder un œil sur Élodie Campbell, l'une des demoiselles d'honneur, susceptible de causer des ennuis. Fraser s'était montré assez évasif sur sa relation avec cette jeune personne, mais Mack l'avait jointe par téléphone et en avait tiré ses propres conclusions. Superbe mannequin de lingerie, Élodie Campbell était plus suivie sur les réseaux sociaux que certaines célébrités hollywoodiennes. Elle avait rompu avec son fiancé devant l'autel sept ans plus tôt et depuis lors s'était forgé une réputation de fêtarde. Sachant par expérience que ce genre de personnage était imprévisible, il s'était donc préparé à affronter et à gérer une situation hors norme.

Comme toujours, en réalité.

Toute sa vie, il s'était évertué à ne rien laisser hors de contrôle. Il avait seize ans à peine lorsque son père s'était suicidé, ce qui l'avait poussé à ne jamais rien confier au hasard, à se montrer d'une extrême vigilance en toutes circonstances, à faire et à dire ce qu'il fallait. Cela afin de ne jamais perdre les rênes, quoi qu'il arrive.

Debout dans le jardin, il se tourna pour regarder la maison et aperçut alors à la fenêtre de l'une des chambres quelque chose qui attira son regard. Quelqu'un, plutôt, car la lueur d'un rouge doré qui avait éveillé son attention encadrait un visage ovale qui ne lui était pas inconnu. S'il n'avait jamais rencontré en personne Élodie Campbell, il avait vu suffisamment de photos d'elle pour être capable de la reconnaître à distance. Même si la jeune personne qui se tenait sur le balcon correspondait à une version discrète de ce qu'il avait toujours vu jusque-là.

Son châle en soie ivoire et ses cheveux cuivrés relevés en chignon lui donnaient l'élégante allure d'une dame d'une autre époque, ce qui avait quelque chose de fascinant. Elle aurait pu être l'une de ses ancêtres, voyageant dans le temps pour lui rendre une visite fantomatique. Il leva la main pour la saluer, mais elle s'éloigna si rapidement qu'il se demanda s'il l'avait bien vue ou s'il avait plutôt imaginé sa présence. Haussant les épaules, il décida de poursuivre son chemin. Qui sait, la ravissante Élodie Campbell ne tenait peut-être pas à s'afficher sans maquillage ?

Elizabeth s'adossa au mur de la chambre et posa la main sur sa poitrine. Son cœur battait très fort. L'homme qu'elle venait de voir était Mack McDiarmid, aucun doute là-dessus. Élodie lui avait montré sur son téléphone une photo de Fraser et de Sabine, lui avait parlé de certains invités, mais lui avait fourni peu de détails au sujet du frère du marié. Elle lui avait simplement dit qu'il était très riche et avait une réputation de play-boy.

Elle avait donc effectué elle-même quelques recherches sur Internet et avait ainsi appris qu'il portait le prénom de son père, Robert, mais était connu sous le surnom de Mack. Elle avait également découvert qu'il était un puissant homme d'affaires qui avait gagné des millions en investissant dans le développement immobilier, aussi bien au Royaume-Uni qu'à l'étranger. Crannochbrae était la demeure de ses ancêtres, qu'il avait entièrement restaurée et qu'il gérait depuis la mort de son père.

Cependant, aucune des photos figurant sur ces articles n'avait préparé Elizabeth à une rencontre pareille. Même à cette distance, du deuxième étage, elle avait été saisie par le physique imposant du maître de maison. Grand, mince et bien bâti, Mack McDiarmid était doté d'une prestance étonnante. De tout son être émanait une impression d'assurance, d'autorité – ce qui ne manquait pas de l'inquiéter.

Risquait-il de deviner le subterfuge auquel elle se livrait ? Cette pensée la fit frissonner. Comment avait-elle pu être assez naïve pour imaginer qu'entrer dans la peau de sa jumelle ne présenterait aucun danger ? Elle n'était pas habituée à côtoyer des hommes de l'envergure de Mack McDiarmid. Des hommes qui avaient fait fortune grâce à leur intelligence, leur intuition, leur savoir-faire.

En qualité de frère aîné du marié, il occuperait à n'en pas douter une place importante pendant le déroulement de ces festivités, ce qui signifiait qu'elle aurait du mal à l'éviter. Mais cela ne durerait que le temps de la répétition, après quoi sa sœur endosserait son propre rôle. Elle en était là de ses réflexions quand elle se demanda soudain s'il connaissait Élodie.

Sans hésiter, elle tendit la main vers son smartphone, qu'elle avait laissé sur son lit un peu plus tôt. Ignorant la dizaine de messages envoyés par sa mère, ainsi que les cinq appels manqués de celle-ci, elle pianota sur les touches du téléphone.

Est-ce que tu as déjà rencontré Mack McDiarmid ?

Un simple « Non » s'afficha alors sur l'écran.

Et Fraser, le marié ?

Cette dernière question resta sans réponse. De deux choses l'une, soit Élodie était absorbée par l'important entretien qu'elle avait évoqué, soit elle avait décidé d'ignorer ce dernier message. La seconde hypothèse lui semblait la plus probable.

Les yeux clos, elle inspira profondément. Pourquoi diable avoir accepté de rendre ce service à sa sœur ? Si elle avait refusé, elle ne se trouverait pas en ce moment même dans une situation pour le moins délicate.

Pourquoi ? Très simple. Parce qu'elle souhaitait que la nouvelle aventure dans laquelle sa jumelle voulait se lancer soit couronnée de succès. Élodie en avait assez du mannequinat et désirait laisser libre cours à sa créativité. Raison pour laquelle Elizabeth devait réussir à se tirer d'affaire pendant les vingt-quatre heures à venir.

Qu'y avait-il là de si compliqué ? Elle connaissait sa sœur presque aussi bien qu'elle-même. Ne la voyait-elle pas tous les matins dans ce miroir où elle se regardait, *elle* ? Il lui suffirait de se maquiller et de s'habiller comme Élodie, d'adopter ce tempérament enjoué et bavard qui la caractérisait et le tour serait joué. Où était donc le problème ?

2.

Elizabeth se dirigea vers l'une des grandes salles de réception du château où les mariés offraient une coupe de champagne à leurs convives pour leur souhaiter la bienvenue. Malgré les résolutions prises un peu plus tôt dans la chambre, elle sentit une vague d'appréhension l'assaillir.

Elle portait une tenue réalisée par l'un de ces jeunes créateurs que sa sœur appréciait tant : une robe fourreau en satin d'un bleu électrique qui soulignait les courbes de son corps, ce qui la mettait très mal à l'aise. Ce ton de bleu était si vif qu'il lui faisait presque mal aux yeux. Elle avait aussi du mal à supporter le maquillage sur ses paupières.

C'était bien la première fois de sa vie qu'elle se présentait ainsi vêtue et fardée. Mais Cendrillon elle-même n'avait-elle pas porté une robe de bal scintillante ainsi que des pantoufles de vair ? Elizabeth avait quant à elle chaussé un peu plus tôt des escarpins à talons. À *très* hauts talons et dont le prix était tout aussi élevé. Avant de s'aventurer au rez-de-chaussée, elle s'était entraînée à marcher avec, en faisant plusieurs fois le tour de la chambre. N'ayant manqué de trébucher qu'une seule fois, elle s'était sentie plutôt fière d'elle et surtout rassurée. Les années passées à regarder Élodie se préparer pour une séance photo auraient-elles porté leurs fruits ?

Quels que soient les soins apportés à son apparence, elle savait toutefois que la moindre erreur de sa part risquait de mettre en péril cette mise en scène. Comment les agents secrets parvenaient-ils jour après jour à mener à bien ce genre de mission, à se faire passer pour quelqu'un d'autre ? Cette seule expérience suffisait à provoquer en elle un profond malaise.

Le fait que sa prestation doive se dérouler dans un château contribuait à augmenter sa nervosité, car cela représentait pour elle quelque chose d'inédit et d'extraordinaire. Hormis les membres de familles royales, qui aujourd'hui possédait un château ? Mack McDiarmid pouvait, lui, s'offrir ce luxe. Elizabeth était impressionnée par cet environnement fastueux, par ce lieu qui, depuis des siècles, appartenait à sa famille. Il y avait tant de salles, tant d'escaliers, tant de tourelles... Elle avait l'impression d'entrer dans un conte de fées.

L'imposant bâtiment était entouré de vastes jardins, certains parfaitement aménagés, d'autres, plus éloignés du château, presque à l'état sauvage. On distinguait au loin des champs vallonnés, puis des bois, et en toile de fond le paysage escarpé des Highlands. Situé en bordure d'un petit lac, le domaine avait un aspect privé qui en faisait un lieu idéal pour un mariage.

Tout était en parfait état dans ce bâtiment. Il y avait même une armure reluisante dans la galerie et de grands portraits des générations antérieures de McDiarmid. Les lustres en cristal illuminaient les superbes bouquets de fleurs multicolores disposés dans les différentes pièces.

Ce fut le cœur battant qu'Elizabeth franchit le seuil de la grande salle de réception. Dans la mesure où la mariée avait choisi pas moins de six demoiselles d'honneur, elle espérait se perdre dans la foule. Mais dès qu'elle entra, Sabine se précipita vers elle.

— Oh ! Élodie... quel plaisir de vous voir ! s'exclama-t-elle. Vous êtes magnifique, comme toujours. Ce bleu vous va à merveille. Et ce maquillage est tout simplement sublime, alors que notre maquilleuse ne s'est pas encore occupée de vous !

— Merci, vous êtes vous-même très belle. Une mariée hors pair !

En pareilles circonstances, sa jumelle ne se serait certainement pas montrée aussi élogieuse, mais Elizabeth trouvait Sabine très jolie. Elle respirait le bonheur, la joie de vivre.

Une question étrange lui vint alors à l'esprit. Si elle rencontrait elle aussi l'homme de sa vie, semblerait-elle aussi heureuse, aussi épanouie ? Mais elle fut prompte à revenir à la réalité. Quelle idée ! Qui au monde pourrait tomber amoureux d'une fille incapable de passer devant un bol de noix sans avoir une crise de panique ?

— C'est un véritable honneur pour moi que vous ayez trouvé une place dans votre emploi du temps si chargé pour assister à mon mariage. Et surtout pour accepter d'être ma demoiselle d'honneur, insista Sabine, la mine réjouie. Encore merci mille fois, Élodie ! Vous êtes l'exemple de la femme extraordinaire sans même chercher à l'être.

En entendant ces mots, Elizabeth se mordit les lèvres pour refouler le rire qui lui montait aux lèvres. « Sans même chercher à l'être » ? Elle venait de passer pas moins de deux heures à se préparer ! Comment sa sœur s'y prenait-elle pour accomplir ce rituel jour après jour ? C'était tout bonnement épuisant.

— Je suis ravie d'être ici, déclara-t-elle avec un grand sourire.

Balayant la salle d'un bref regard, elle ajouta :

— Vous avez choisi un lieu idéal pour célébrer votre mariage.

— J'en suis bien consciente. Je ne remercierai jamais assez Mack, le frère de Fraser, qui nous a généreusement proposé de fêter ici notre union. Avez-vous goûté aux gâteaux d'apéritif ?

Elle accompagna cette question d'un geste de la main vers le serveur qui avançait vers elles, tenant dans une main un plateau d'argent bien garni.

— Ils sont délicieux, enchaîna Sabine. J'en ai déjà mangé trois !

Elizabeth observa quelques secondes le contenu du plateau et décida de s'abstenir. Autant éviter que le subterfuge élaboré par sa jumelle soit découvert dès la première heure, à l'occasion d'une réaction allergique de sa part. Elle avait envisagé de prévenir discrètement le traiteur de son problème, mais n'avait pas été longue à y renoncer. Sa sœur n'avait jamais présenté le moindre signe d'allergie et mieux valait fuir tout incident que la presse se ferait un plaisir de divulguer au cas où quelques paparazzis rôderaient dans les parages. Elle mangerait donc très peu lors de cette réception. De retour dans sa chambre, elle apaiserait sa faim en consommant les fruits et les biscuits ne présentant aucun risque qu'elle avait glissés dans sa valise. Elle était prête à accomplir bon nombre de choses pour venir en aide à sa sœur, mais pas pour autant à s'affamer.

— Merci, je n'ai pas faim, répondit-elle donc sans se départir de son sourire.

En entendant ces mots, Sabine esquissa une grimace.

— Pas étonnant que vous soyez si mince ! Jamais je ne pourrai avoir une silhouette comme la vôtre, je suis bien trop gourmande.

Elle regarda alors par-dessus l'épaule d'Elizabeth et ajouta :

— Je vais vous présenter notre hôte.

Sans plus attendre, elle prit Elizabeth par le bras et lui fit traverser la salle.

— Mack, voici Élodie Campbell, le célèbre mannequin de lingerie dont je vous ai parlé. Élodie, je vous présente mon futur beau-frère.

Elle les regarda tour à tour en souriant avant d'ajouter :

— Vous ne m'en voudrez pas si je vous laisse ? Les invités m'attendent... À plus tard !

Sur ces mots, Sabine s'éloigna, et Elizabeth retint son souffle. Mack McDiarmid s'était tourné vers elle et, pour la deuxième fois en peu de temps, leurs regards se croisèrent. De nouveau, elle éprouva d'étranges sensations face à ces prunelles d'un gris-bleu étincelant. Le maître des lieux était bien plus grand qu'elle ne l'avait imaginé en le voyant de la fenêtre de sa chambre. Il devait mesurer plus d'un mètre quatre-vingt-dix et était doté de larges épaules. Il avait des cheveux brun foncé légèrement ondulés, avec quelques fils argentés sur les tempes, ce qui lui conférait une allure distinguée. Sa mâchoire carrée était couverte d'une barbe naissante qui, loin de lui donner un air négligé, accentuait au contraire son charme.

— Ravi de faire votre connaissance, dit-il en lui tendant la main.

Elle glissa la sienne entre ces doigts chauds dont le contact accentua le trouble que provoquait en elle la présence de cet homme.

— Enchantée, répondit-elle, feignant l'assurance qu'affichait la plupart du temps sa sœur.

Mais au moment où elle prononçait cette simple formule de politesse, elle sentit le rouge lui monter aux joues. Or Élodie affirmait ne pas avoir rougi depuis l'âge de douze ans. Comment parviendrait-elle à jouer le rôle de sa jumelle si ses joues s'enflammaient chaque fois qu'elle se trouvait face à Mack McDiarmid ?

Après quelques secondes qui lui semblèrent durer une éternité, il lui lâcha la main et, de sa voix un peu rauque où se distinguait une pointe d'accent écossais, déclara :

— Soyez la bienvenue à Crannochbrae.

— Je vous remercie. Il y a bien longtemps que je n'étais pas revenue en Écosse, surtout dans les Highlands. Vous avez une très belle demeure. Les jardins sont vraiment spectaculaires. Les abeilles doivent y venir par milliers !

Elle était consciente de parler plus que de raison, mais c'était là son seul moyen de maîtriser le trouble que suscitait en elle Mack McDiarmid. Cet homme parvenait à la déstabiliser par sa seule présence. De plus, il lui donnait l'impression de ne pas se laisser facilement duper. Elle tenta d'apaiser les craintes qui l'assaillaient. Comment, mais comment, avait-elle pu accepter la proposition de sa sœur ? Comment avait-elle pu se croire, ne serait-ce qu'un instant, capable de mener à bien une mission pareille ?

Bien des années auparavant, Élodie et elle n'avaient eu aucun mal à tromper leur père en se faisant passer l'une pour l'autre. Rien de bien compliqué, puisqu'il n'avait jamais été capable de les distinguer, pas plus quand elles étaient bébés qu'à l'âge de cinq ans, époque à laquelle il avait quitté leur mère. Mack McDiarmid n'était cependant pas de la même trempe, elle le pressentait. Elle venait tout juste de le rencontrer, mais était déjà prête à parier que rien ne lui échappait. Cela se devinait à l'intensité de son regard.

— Ah ? fit-il alors, haussant un sourcil. N'avez-vous pas eu une séance photo sur l'île de Skye, il y a deux ou trois mois ?

— Eh bien… en fait…

Son interlocuteur l'observait fixement, et elle sentit les battements de son cœur s'accélérer.

— Suis-je bête ! s'exclama-t-elle soudain avec un petit rire qui résonna bizarrement à ses propres oreilles. Oui, bien sûr. J'avais oublié… Il faut dire que je voyage si souvent qu'il m'arrive parfois de mélanger les lieux et les dates. J'étais donc en effet il y a peu sur l'île de Skye, qui est très belle.

Décidément, ce petit jeu se révélait bien plus complexe qu'elle ne l'avait imaginé. Dans la mesure où sa jumelle était toujours par monts et par vaux, se souvenir de tous ses déplacements relevait de la prouesse. Elizabeth se rappelait vaguement les propos de sa sœur évoquant une plage écossaise où elle avait failli mourir de froid pendant les séances de pose en bikini. Elle glissa une mèche de cheveux derrière son oreille, puis plaqua sur ses lèvres un grand sourire digne de ceux qu'arborait Élodie.

— Vous aimez ces déplacements à caractère professionnel ? lui demanda alors Mack McDiarmid.

Cette fois, sa réponse fut immédiate.

— Je les adore ! Il y a tant d'endroits à découvrir de par le monde, tant de gens différents à rencontrer. Bien sûr, ces voyages comportent des inconvénients. Il faut aussi compter le temps nécessaire aux déplacements, aux préparatifs. Tout comme celui consacré aux séances de coiffure, de maquillage et d'essayage.

Elizabeth répétait ce que sa jumelle lui avait dit et redit au fil des ans, mais même à ses propres oreilles ces mots sonnaient faux. Était-ce ce que percevait aussi l'homme qui se tenait en face d'elle et semblait l'écouter avec attention ? Saisissait-il lui aussi l'aspect fallacieux de cette parade ? Soudain, elle se sentit complètement dépassée par les événements, pareille à un petit poisson rouge jeté de son bocal dans un vaste océan foisonnant de requins-baleines.

— Que puis-je vous offrir à boire ? lança alors Mack. Un cocktail ? Du champagne ? Du vin ?

À l'inverse d'Élodie, Elizabeth ne buvait que très rarement de l'alcool. Dans la mesure où elle sortait très peu, elle n'y avait jamais pris goût. Mais si elle ne se comportait pas comme sa sœur avait coutume de le faire, elle risquait d'éveiller l'attention de ceux qui connaissaient Élodie ou en avaient entendu parler. Et qui sait, un peu d'alcool l'aiderait peut-être à se tirer d'affaire en accomplissant du mieux possible la tâche qui lui avait été confiée.

— J'accepterai avec plaisir une coupe de champagne.

Mack s'éloigna pour chercher la boisson et elle inspira plusieurs fois à petits coups pour tenter de retrouver un semblant de calme. Peine perdue, puisqu'elle ne parvenait pas à détacher le regard de la silhouette masculine. Il y avait en cet homme quelque chose qui la fascinait, l'attirait de façon presque irrésistible. Comparés à lui, ceux qu'elle avait rencontrés jusque-là paraissaient terriblement fades. Non qu'elle en ait croisé beaucoup sur sa route. Son dernier rendez-vous « amoureux » remontait à bien longtemps. Elle avait alors tout juste dix-huit ans et s'était retrouvée à l'hôpital avec un choc anaphylactique. Sa mère avait frôlé la dépression nerveuse et depuis lors Elizabeth n'avait plus jamais eu de rendez-vous de cette nature.

C'était pour cette raison qu'elle avait quitté le domicile familial, un mois plus tôt. Afin de pouvoir vivre sans que sa mère surveille ses moindres faits et gestes, comme si elle était encore une enfant. Ce qui n'était plus le cas ; elle était désormais une adulte, capable de prendre soin d'elle-même. Et ce week-end était l'occasion de le prouver, sinon à sa mère du moins à elle-même.

— Alors, vous avez rencontré mon grand frère ?

La voix masculine qui venait de résonner juste derrière elle la fit presque sursauter. Elle se tourna et fut confrontée à Fraser McDiarmid, qu'elle reconnut aussitôt, car Élodie lui avait montré des photos des futurs mariés. Le cadet des McDiarmid était plutôt bel homme. Un peu plus petit que son frère, il était aussi plus enrobé au niveau de la taille. Il avait la mâchoire moins carrée, le regard moins direct, et ne dégageait certainement pas cette énergie, cette séduction naturelle qui émanait de Mack McDiarmid.

— Oh… bonjour, répondit-elle, déconcertée.

Élodie et Fraser s'étaient-ils déjà rencontrés ? Elle tenta de se rappeler de manière précise les conversations qu'elle avait eues avec sa sœur à propos de cette répétition de mariage, ainsi que le contenu des SMS échangés à cette occasion. Élodie ne connaissait-elle que Sabine ? Elle décelait pourtant une certaine familiarité dans les manières du futur marié à son égard.

Ses lèvres se retroussèrent alors en un sourire qui avait des allures de grimace.

— Sachez que je vous ai à l'œil, fit-il d'un ton dur, mais à voix basse, comme s'il souhaitait ne pas être entendu.

Elizabeth sentit ses genoux trembler, mais redressa les épaules.

— Qu'est-ce qui vous prend ?

Le sourire de son interlocuteur s'élargit. Lorsqu'il montra les dents, elle crut avoir affaire à un chien prêt à mordre. Il se pencha alors vers elle, et elle sentit son haleine chargée de bière.

— Pourquoi avoir accepté cette invitation ? dit-il.

Que signifiait cette dernière question ? Que s'était-il donc passé entre Élodie et Fraser ? Auraient-ils eu une aventure ? Après avoir abandonné Lincoln Lancaster devant l'autel, sa jumelle avait accumulé les conquêtes pendant les sept années suivantes. Ces histoires duraient tout au plus deux semaines, car, affirmait-elle, elle ne voulait s'attacher à personne. Elle n'avait aucune envie de rencontrer l'homme de sa vie, de l'épouser et de fonder avec lui une famille.

Soit, mais de toute évidence il y avait eu quelque chose entre Élodie et Fraser. Quoi donc ?

— J'ai été flattée que Sabine me choisisse comme demoiselle

d'honneur, déclara-t-elle, s'efforçant de paraître aussi sereine que sa sœur aurait pu l'être en pareille circonstance.

Il darda sur elle un regard glacial.

— Je n'en doute pas. Sachez toutefois que, si vous soufflez un seul mot de ce qui s'est passé entre nous cette nuit-là, à Londres, je nierai tout en bloc et on vous prendra pour l'imbécile que vous êtes !

Elizabeth sentit ses membres se figer. À quoi donc faisait-il allusion ? Bien que choquée d'être traitée de cette façon par un homme qui avait tout d'une petite brute, elle continua de camper le personnage de sa jumelle avec un regain de vigueur, de confiance. Fraser McDiarmid ne soupçonnait manifestement rien de leur petit complot, puisqu'il s'adressait à elle comme s'il avait affaire à Élodie. Élodie, avec laquelle il avait eu une aventure qu'il tenait à garder secrète à la veille de son mariage.

Le menton relevé, elle esquissa un sourire.

— Et votre fiancée, vous pensez qu'elle vous croira elle aussi ? lança-t-elle avec une impertinence dont elle se félicita.

Jamais elle ne serait dotée de l'assurance qu'affichait sa sœur la plupart du temps, mais elle n'en était pas moins fière de sa performance. Ce fut ce moment que choisit Mack pour la rejoindre, tenant à la main une coupe de champagne qu'il lui tendit, tout en posant sur Fraser et elle un regard perçant.

— Merci beaucoup.

Elle prit la coupe qu'il lui tendait et lui adressa un grand sourire avant de la porter à ses lèvres pour en boire une longue gorgée. La saveur du liquide blond et pétillant lui plut sur-le-champ. Il était peu probable que Mack McDiarmid ait acheté du bas de gamme pour célébrer le mariage de son frère, ce qui expliquait peut-être aussi sa réaction. À moins que, à cet instant précis, elle ait tout simplement besoin de ce genre de breuvage pour poursuivre cette ridicule mascarade ?

Ridicule ou pas, elle devait bien admettre que la situation ne lui déplaisait pas totalement. Au contraire, même. Sortir de sa zone de confort pour participer à ce genre d'événement se révélait plus agréable qu'elle ne l'avait imaginé. En dépit de l'accueil pour le moins inattendu du futur marié, elle se sentait de plus en plus à l'aise dans son rôle et prête à apprécier chaque instant. La présence de Mack McDiarmid n'était pas étrangère à la sensation de plaisir qui s'installait en elle, cela ne lui échappait pas. Chaque fois qu'il s'approchait d'elle, elle était en proie à un curieux état d'excitation.

— Excusez-moi, je dois rejoindre les autres invités, dit alors Fraser.

Après quoi il s'éloigna, la mâchoire crispée.

Tourné vers elle, Mack l'observa quelques secondes en silence.

— Tout va bien ? lui demanda-t-il.

— Très bien, même. Je suis ravie d'être ici.

Pour donner plus de poids à ces mots, elle afficha un grand sourire et sentit sur ses lèvres le poids du regard de son interlocuteur.

— Menteuse, chuchota-t-il de sa belle voix rauque.

Elle cligna des paupières, déroutée par la tournure qu'était en train de prendre la situation, et ce en aussi peu de temps. Déroutée aussi et surtout par l'impact qu'avait sur elle le maître des lieux par sa seule présence. Sans hésiter, elle but une autre gorgée de champagne. Il fallait qu'elle se ressaisisse, qu'elle n'oublie surtout pas le motif de sa présence dans cette luxueuse salle de réception. Elle était là pour représenter sa jumelle, et Élodie ne se laisserait certainement pas déstabiliser par Mack McDiarmid. Aussi séduisant soit-il, elle ne devait donc pas perdre ses moyens en face de lui.

— Si je puis me permettre, déclara-t-elle avec un petit sourire en coin, vous ne donnez pas vous-même l'impression de passer un moment merveilleux…

— Ah ? Et d'où vous vient cette idée ?

Elle haussa les épaules, imitant le geste insouciant qu'affectionnait sa sœur.

— J'imagine que ça vous plaît modérément de voir des gens que vous connaissez à peine passer le week-end dans votre demeure, boire plus que de raison, et qui sait quoi encore.

— C'est donc là votre plan pour ce mariage ? « Boire plus que de raison, et qui sait quoi encore » ?

Elle se tut et porta une fois de plus le verre à ses lèvres. Le champagne lui semblait décidément aussi addictif que le propriétaire de Crannochbrae, lequel la dévisageait toujours.

— Je n'ai aucun plan précis, lui répondit-elle en souriant. J'aime juste profiter de ce qui se présente, m'amuser. Vous devriez essayer de faire de même, monsieur Je-Contrôle-Tout.

Après avoir vidé son verre, elle le posa sur une table voisine. « Monsieur Je-Contrôle-Tout » ? Pourquoi l'avoir appelé ainsi ? Elle se livrait avec cet homme à un jeu proche de la séduction, ce qui ne lui était jamais arrivé jusque-là. Elle avait toujours cru ne pas en être capable et, de ce fait, avait fui toute situation susceptible d'aboutir à ce genre d'échange.

D'instinct, son regard se posa sur la bouche masculine et elle retint son souffle. Mack McDiarmid avait décidément sur elle un effet des plus étonnants. Elle vit alors le gris-bleu de ses prunelles s'assombrir quand il reprit la parole.

— Mademoiselle Campbell, je vous déconseille de faire quoi que ce soit susceptible de gâcher le mariage de mon frère. J'espère être assez clair.

Il s'était cette fois exprimé d'un ton autoritaire qui la fit tressaillir. Quelle opinion avait-il donc de sa jumelle ? Élodie n'était sans doute pas toujours un exemple de sagesse, mais de là à la croire capable de saboter le mariage de quelqu'un…

Elle avait certes saboté le sien, mais c'était là une autre affaire. Une affaire dont elle n'avait jamais fourni le moindre détail à quiconque, pas même à sa sœur. Elle avait toujours refusé d'aborder le sujet, d'expliquer ce qui l'avait incitée à abandonner son fiancé au pied de l'autel, et Elizabeth savait bien qu'il ne fallait pas insister pour qu'elle révèle quoi que ce soit sur ce sujet pour le moins intime et délicat. Élodie risquait de mal réagir et de se montrer distante pendant des mois. Sa sœur était si têtue qu'elle aurait pu faire fortune en dressant des mules !

Elle se rapprocha légèrement de la silhouette masculine,

assez pour sentir les notes boisées de son après-rasage. Étant à présent plus proche de Mack, elle dut relever la tête pour ne pas perdre le contact visuel. Et il lui en coûta de ne pas tendre la main vers son visage pour le caresser, réaction qui ne manqua pas de la surprendre.

— Vous n'êtes pas mon chef, mais j'imagine que ça ne vous déplairait pas, lâcha-t-elle.

Sitôt ces mots prononcés, elle sentit sa gorge s'étrangler. Comment était-ce possible qu'elle se laisse aller à ce genre de commentaire ? Sa jumelle n'aurait pas fait mieux !

Elle remarqua que le regard gris-bleu s'obscurcissait davantage encore.

— Vous vous égarez. Nous ne jouons pas dans la même catégorie, vous et moi, répliqua-t-il d'un ton froid.

Elle cligna des paupières. Mack McDiarmid avait raison, bien entendu. Elle ne lui arrivait pas à la cheville, et Élodie elle-même, aussi à l'aise soit-elle en toutes circonstances, n'aurait pas été à la hauteur de cet homme. Mais il était hors de question qu'elle baisse les bras aussi facilement.

— Et qu'est-ce qui vous porte à croire que je veux jouer avec vous ? rétorqua-t-elle, résolue à lui montrer coûte que coûte qu'il ne l'impressionnait pas.

Ils passèrent les instants qui suivirent à se dévisager en silence, puis, sans se départir de son calme, il déclara :

— Je connais le genre de fille que vous êtes.

— Ah ? Et alors, quel genre de fille suis-je ? insista-t-elle d'un ton railleur.

— Le genre qui aime attirer l'attention.

Elizabeth écarquilla les yeux et arrondit les lèvres.

— Oh… vous avez une bien piètre opinion de moi, alors que vous venez tout juste de me rencontrer ! Ne vous inquiétez pas, monsieur McDiarmid, je n'ai pas l'intention de supplanter la mariée. C'est son mariage qui se célèbre ce week-end, pas le mien !

— J'ai entendu parler du vôtre. Ou plus exactement du malheureux jour où aurait dû se dérouler le vôtre. Dites-moi…

comment celui que vous vous apprêtiez à épouser a-t-il vécu cette expérience ? Êtes-vous restés en bons termes ?

La voix masculine trahissait une indéniable désapprobation. Désapprobation qu'elle se rappelait avoir elle-même manifestée à l'égard de sa sœur, lorsqu'elle lui avait demandé pourquoi elle avait agi de la sorte. Cette terrible journée était restée gravée dans sa mémoire. Comment oublier la mine stupéfaite de Lincoln Lancaster, qui avait vite cédé à la colère ? Tout comme l'embarras évident des convives, ainsi que l'air terrifié de leur mère.

Elle se rappelait chaque instant de la scène. Tous ces visages se tournant vers elle, comme dans un film d'horreur. Elle, que tout un chacun croyait informée du déroulement pour le moins imprévu des événements. Elle à qui l'on avait reproché de manière tacite – ou pas – de n'avoir rien dit. Car évidemment, tout le monde pensait que sa jumelle l'avait informée de ses intentions. Elle avait alors dû révéler que c'était faux, qu'Élodie ne lui avait pas soufflé mot de cette décision. Expliquer qu'elle avait elle aussi été prise de court et, comme toutes les personnes présentes, sidérée.

— Cette histoire remonte maintenant à sept ans, dit-elle avec cette nonchalance qu'affichait parfois sa sœur. Il a sans doute oublié jusqu'à mon existence.

Cette fois non plus elle ne mentait pas. N'ayant d'yeux que pour Élodie, Lincoln n'avait jamais prêté la moindre attention à sa timide jumelle, dont il avait sans aucun doute oublié l'existence depuis tout ce temps. Comme tous les gens présents à ce mariage raté – du moins était-ce ce qu'elle espérait.

De là à affirmer que Lincoln avait oublié Élodie…

— Vous connaissez bien Sabine ? reprit-il.

— Assez pour qu'elle décide de me choisir comme demoiselle d'honneur.

Elle ponctua ces mots d'un sourire, affichant une assurance qu'elle était loin de ressentir.

— Et mon frère ?

Ces trois petits mots suffirent à balayer l'aplomb dont elle s'efforçait de faire preuve. Son sourire se figea soudain, et elle sentit le rouge lui monter aux joues.

— Ou-oui ? balbutia-t-elle. Eh bien… votre frère ?

— Quelle relation avez-vous avec lui ?

Il s'était adressé à elle d'un ton sec, mais elle trouva en elle la force de surmonter sa sensation de malaise et soutint son regard.

— Que cherchez-vous à insinuer ? lança-t-elle.

Plongeant les mains dans les poches de son pantalon, il lâcha un rire goguenard avant de répliquer :

— Allons, vous avez très bien compris le sens de ma question !

En effet. Et elle en voulait terriblement à sa sœur de l'avoir mise dans une situation aussi compromettante sans prendre la peine de lui fournir tous les détails nécessaires au bon déroulement de sa prestation. Comment pourrait-elle s'acquitter de cette tâche alors qu'il lui manquait certaines pièces essentielles du puzzle ?

— Je ne pense pas que cela vous regarde, monsieur McDiarmid, rétorqua-t-elle d'une voix cinglante.

Il se rapprocha d'elle, et elle eut l'impression que les battements de son cœur résonnaient dans toute la salle. Il était maintenant si proche qu'elle sentait son souffle chaud sur ses joues. Et cela la troublait terriblement, au point qu'elle perde pied avec la réalité. Or elle ne devait en aucun cas oublier le motif de sa présence à Crannochbrae.

— Supposons que je décide le contraire ? riposta-t-il, dardant sur elle son regard perçant.

— Dans ce cas, pourquoi ne pas poser la question à votre frère ?

— C'est à vous que je m'adresse, mademoiselle Campbell.

— Je refuse d'aborder ce sujet au milieu de cette assistance.

Elle reculait déjà d'un pas, pressée de s'éloigner, lorsqu'il la retint par le poignet. Elle s'immobilisa sur-le-champ. Non que le geste ait été brusque, loin de là, mais il avait suffi à accentuer l'émoi que suscitait en elle Mack McDiarmid. Ce simple contact avait produit sur elle un effet incroyable. Bien que pétrifiée, elle avait l'impression que le sang bouillait dans ses veines. Lentement, elle baissa la tête et garda les yeux rivés sur les longs doigts qui lui enserraient le poignet. Aucun homme ne l'avait touchée depuis dix ans et elle se sentait assaillie par une myriade de sensations.

Au prix d'un effort qui lui parut surhumain, elle réussit à les maîtriser et ce fut avec une froideur absolue qu'elle reprit la parole.

— Si vous tenez absolument à éviter une scène à la répétition de mariage de votre frère, je vous conseille de me lâcher. Et tout de suite.

Elle soutint le regard de son interlocuteur avec une force dont elle ne se serait jamais crue capable. Mais elle était résolue à ne pas se laisser impressionner par cet homme, quelle que soit sa prestance. Elle ne s'enfuirait pas comme un petit lapin effrayé par le grand méchant loup ! Et en dépit des réactions qu'il provoquait en elle, elle saurait lui tenir tête. Précisément parce que ces réactions qui donnaient vie à son corps lui apportaient toute l'énergie dont elle avait besoin en pareille situation.

Mais, quelle que soit l'exaltation que lui procurait cette rencontre, elle ne devait pas oublier qu'elle était là pour un motif précis : se substituer à sa sœur. Car aussi stimulant que que soit cet échange avec le maître des lieux, il s'agissait d'une comédie et rien d'autre. Jamais elle n'entrerait dans le monde où évoluait sa jumelle. Elle pourrait s'y immiscer pendant vingt-quatre heures, pas plus ; imaginer le contraire relevait de la pure folie.

Mack desserra les doigts sans pour autant lui lâcher le poignet et elle remarqua qu'il posait le pouce à un endroit précis. Là où il lui était possible de mesurer son pouls.

— Pourquoi êtes-vous si nerveuse ? lui demanda-t-il alors d'une voix douce. À cause de moi ?

Il n'avait cessé de la fixer en prononçant ces mots, guettant la moindre réaction de sa part.

— Du tout. Vous ne m'intimidez absolument pas.

Car il était hors de question qu'elle lui révèle être à la fois infiniment troublée, fascinée, et surtout séduite par sa seule présence. Elle vit un vague sourire se dessiner sur ses lèvres et tressaillit presque en sentant, l'espace d'un éclair, la pression de ses doigts s'accentuer sur sa peau.

— Retrouvez-moi dans une demi-heure à la bibliothèque. Nous poursuivrons cette conversation en privé.

Sitôt ces mots prononcés, il s'éloigna sans lui laisser le temps de répondre ou encore de trouver un prétexte pour refuser cette invitation – qui ressemblait plutôt à une sommation. Pour quelle raison souhaitait-il la voir « en privé » ? Qu'avait-il donc à lui dire ?

Elle se mordilla les lèvres. Se retrouver en tête à tête avec Mack ne lui paraissait guère prudent, compte tenu de l'effet qu'il lui causait. D'instinct, elle baissa les yeux sur son poignet et eut l'impression de sentir encore le contact de ses doigts chauds sur sa peau.

Sa sœur serait là dès le lendemain matin, ce qui lui permettrait de mettre un terme à cette comédie avant de se couvrir de ridicule. Si seulement Élodie avait pris la peine de lui fournir davantage d'informations… Pourquoi ne pas lui avoir soufflé mot de ce qui s'était passé entre le frère cadet de Mack et elle ? Car ils avaient bel et bien eu une relation, elle en était désormais convaincue. Mais de quelle nature exactement ?

Comme un serveur se présentait devant elle avec un plateau rempli de coupes de champagne, elle se servit. Au cours de cette dernière demi-heure, elle avait découvert à la fois le goût savoureux d'un bon champagne français ainsi qu'un Écossais d'humeur plutôt maussade. Et son instinct l'incitait à se méfier davantage de l'homme que de la boisson.

Peu de temps après, Mack surprenait son frère dans ce qui était autrefois la salle de musique et qui était devenu un salon d'appoint peu utilisé. Il avait vendu bien des années auparavant le piano qu'il aimait tant et n'avait jamais trouvé le temps de le remplacer. Renonçant à la carrière musicale dont il rêvait, il avait concentré toute son énergie sur la restauration du domaine.

Après avoir refermé la porte d'un geste ferme, il s'avança vers Fraser.

— Pourrais-tu m'expliquer ce qui se passe au juste entre Élodie Campbell et toi ? lança-t-il, sans préambule.

Fraser s'empressa de détourner le regard et concentra son attention sur une statuette posée sur une étagère, qu'il déplaça. Après quoi il redressa une photo de leur mère tout en répondant :

— Rien.

— Mais *il s'est passé* quelque chose, insista-t-il, habitué à déceler les mensonges de son frère. Je pensais que tu craignais de voir Élodie Campbell abuser du champagne, danser sur les tables, ou même s'approcher d'un peu trop près du père de la mariée… Je dois avouer que je n'avais pas imaginé *ça* !

Fraser porta la main à sa gorge et desserra sa cravate, comme si elle l'étouffait soudain.

— « Ça », comme tu dis, n'a aucune importance. Aucune. Elle n'a rien représenté dans ma vie.

Mack inspira profondément puis relâcha son souffle.

— Je ne suis pas des mieux placés pour juger quelqu'un qui a eu une aventure d'un soir, mais j'ai quand même une petite question à te poser : est-ce que tu étais fiancé à Sabine, à ce moment-là ?

Il vit les joues de son frère virer au cramoisi.

— Je n'ai pas à te répondre, Mack ! lâcha celui-ci d'un ton rude. Pour autant que je sache, ça ne te regarde pas !

— Dis plutôt que ça t'obligerait à admettre que tu t'es comporté comme le dernier des crétins !

Fraser fusilla son aîné du regard.

— Ça s'est produit une fois, *une seule* ! Bien entendu, Sabine n'est au courant de rien… et je ne tiens surtout pas à ce qu'elle ait vent de quoi que ce soit.

Mack lâcha un juron en gaélique.

— Le mal a été fait, asséna-t-il. Sabine est convaincue

d'épouser demain un type fidèle, loyal. Combien d'autres rencontres de ce genre as-tu eues depuis vos fiançailles ?

— Encore une fois, ce ne sont pas tes affaires ! Tu n'es pas mon père.

— Non, mais toi tu es en train de ressembler au nôtre. Papa n'a jamais eu le courage de reconnaître ses erreurs, ses mensonges. Il n'a jamais eu non plus le courage de se regarder dans un miroir et d'admettre qui il était. C'était un lâche, ce qui a détruit la vie de notre mère, tout comme celle de sa maîtresse et de leur enfant. Est-ce là le sort que tu veux réserver à Sabine ? Parce que ça commence de cette façon : un mensonge, un faux pas, une trahison, et puis mille mensonges et cachotteries, jusqu'à ce que tout s'écroule autour de toi comme un château de cartes.

Mack vit le visage de son frère se décomposer ; son regard, refléter la frayeur.

— Je ne peux pas en parler à Sabine. Ça… la détruirait. Elle est persuadée que je n'avais jamais vu Élodie jusqu'ici.

Tourmenté, Fraser fit quelques pas dans la pièce avant de poursuivre :

— Elle l'a rencontrée à une soirée organisée par une association caritative et l'a trouvée extraordinaire. Assez pour qu'elles échangent ensuite par Internet et qu'elle décide de la choisir comme demoiselle d'honneur à son mariage. Je suis persuadé qu'Élodie a accepté juste pour le plaisir de causer des problèmes ! Je m'imaginais mal dire à Sabine que je ne voulais pas la voir à notre mariage. Elle m'aurait bien sûr demandé pourquoi et…

Il s'interrompit et glissa nerveusement les doigts dans ses cheveux avant de reprendre, d'une voix saccadée :

— Tu imagines le scandale que ça provoquerait si elle découvrait maintenant cette brève aventure ? De plus, les médias se régaleraient !

— Pourquoi avoir fait ça, Fraser ? Tu n'es pas heureux avec Sabine ?

— À ton avis ? rétorqua-t-il en grimaçant un sourire. Tu

l'as vue, non ? Donc tu peux imaginer sans problème ce qui a pu me tenter chez Élodie Campbell.

Difficile de prétendre le contraire, car elle était en effet très attirante. Il y avait toutefois quelque chose en elle qui intriguait Mack. Quelque chose qui ne cadrait pas avec l'image qu'elle voulait donner d'elle, et il était résolu à découvrir de quoi il s'agissait exactement. Il avait l'impression qu'elle cherchait à jouer un rôle de femme fatale, rôle dans lequel elle ne se sentait pas très à l'aise.

Certes, les célébrités n'offraient pas toujours au public une image en accord avec leur véritable personnalité. Loin des projecteurs, elles pouvaient se révéler très différentes de ce qu'elles montraient sur les plateaux. De ce fait, il était convaincu que la jeune femme qu'il avait aperçue un peu plus tôt à la fenêtre du bâtiment était différente de celle avec laquelle il venait d'avoir quelques échanges verbaux un peu tendus. Et il ne s'agissait pas seulement de l'apparence.

— Le simple fait de trouver une femme séduisante n'implique pas qu'on doive coucher avec ! lança-t-il, la mine sévère. Quand ça s'est produit, est-ce qu'elle savait que tu étais fiancé ?

Fraser se passa la main sur la nuque avant de répondre :

— Non.

— Donc tu lui as menti à elle aussi.

Levant les yeux au ciel, le cadet des McDiarmid lâcha un petit rire.

— Elle aurait quand même couché avec moi. C'est une garce, tout le monde le sait.

Mack serra les mâchoires. Comment son frère avait-il pu devenir aussi misogyne ? Comment était-ce possible qu'il tienne des propos pareils ?

— Je te conseille de surveiller ton langage, lança-t-il, un sourcil levé. D'éviter d'utiliser des termes aussi offensants pour les femmes.

— Tu me « conseilles » ! s'exclama Fraser, sarcastique. Toujours la même rengaine, mon vieux ! Tu passes ta vie à me dire ce que je dois faire ou ne pas faire.

Mack avait dû assumer le rôle de chef de famille dès l'âge de seize ans, leur père s'étant suicidé lorsque sa double vie et les lourdes dettes accumulées avaient soudain été exposées au grand jour. Sa mère en avait été dévastée, tout comme Fraser, mais Mack avait dû mettre de côté son état de choc ainsi que son chagrin afin de prendre en main la situation et tenter de limiter les dégâts. Cela n'avait cependant pas empêché Fraser d'agir de façon inconsidérée pendant toute son adolescence. Après ce sinistre événement, il avait commencé à sauter les cours, à ne plus s'intéresser aux matières dans lesquelles il excellait jusque-là et avait fini par sombrer d'abord dans l'alcool, puis dans la drogue.

Pendant toutes ces années, Mack avait eu l'impression de vivre un cauchemar. Il lui en avait terriblement coûté de veiller à ce que sa famille ne se démantèle pas, de faire en sorte que l'existence reprenne un cours à peu près normal après la tragédie qu'ils venaient de vivre. Il avait dû mettre un terme à ses propres aspirations professionnelles afin de gérer le domaine. Il avait surtout dû renoncer à la musique, qui avait jusque-là été pour lui une véritable passion. Depuis lors, il n'avait jamais plus touché un piano. À croire qu'une partie de lui-même était morte avec son père.

Pour redresser au plus vite la situation, il avait réussi à combiner trois emplois, avait vendu des objets de valeur – qu'il aurait tant aimé pouvoir garder – et avait obtenu un énorme prêt bancaire en hypothéquant la propriété afin de rembourser les dettes faramineuses laissées par son père. Mais ces années de dur labeur et de sacrifices avaient porté leurs fruits : il était parvenu à redresser la situation.

— J'agis de cette façon parce que tu as du mal à te ressaisir, Fraser. Je sais que la mort de papa a été très dure pour toi. Pour nous tous, à vrai dire, et surtout pour maman. Mais tu n'as plus quatorze ans. Tu es désormais un adulte sur le point de se marier et tu dois être honnête envers Sabine.

Fraser soupira.

— C'est cette femme qui a commencé. Elle est venue vers moi, elle m'a cherché.

— Et elle n'a apparemment eu aucun mal à te trouver !

Son cadet s'apprêtait à répondre quand il tendit la main pour l'en empêcher et poursuivit :

— Tu n'avais pas le choix, n'est-ce pas ? Aucune boussole morale pour te guider ? Tu t'es empressé de tout oublier, y compris ta fiancée, dans le seul but de te faire plaisir avec une jolie femme. Bravo, belle façon de fonctionner !

— Quel hypocrite tu fais ! Tu as accumulé les conquêtes et tu voudrais maintenant jouer les donneurs de leçon ?

— Je ne le nie pas, mais je n'ai en tout cas jamais eu d'aventure avec une femme alors que j'étais amoureux d'une autre.

À vrai dire, Mack n'avait jamais été amoureux. Il avait tout mis en œuvre pour que cela ne se produise pas, évitant de prolonger une relation au-delà d'une ou deux semaines. Il n'était d'ailleurs pas certain de pouvoir donner davantage. L'amour rendait aveugle, leur mère en était la preuve. Celui qu'il avait voué à son père ne l'avait-il pas rendu lui aussi aveugle ? Pas un seul instant il n'aurait imaginé que celui-ci soit capable de mener une double vie, d'avoir depuis des années une maîtresse et un enfant dans une autre ville, d'accumuler les dettes de jeu, de dépenser sans compter l'argent qu'il n'avait plus.

Avec le recul, il se rappelait chacun de ses mensonges – mensonges qui aujourd'hui encore le heurtaient. Il avait fait croire à sa famille qu'il travaillait dur, enchaînant les semaines sans parfois s'octroyer de repos le week-end. Ce qui avait impliqué qu'il soit absent à des dates importantes : anniversaires, réunions de parents d'élèves, événements sportifs. Alors qu'en réalité il se trouvait chez son autre femme, avec son autre enfant.

Après avoir découvert que cet être cher avait trahi sa confiance, Mack n'avait plus jamais été le même. Fermer les yeux sur les fautes des gens lui était devenu impossible. Il avait rangé au fond d'un tiroir sa paire de lunettes roses et, à partir de ce moment-là, ne s'était plus laissé aveugler par qui que ce soit. Il entamait donc une relation les yeux grands ouverts et l'interrompait avant qu'elle ne crée des dommages. Il ne se voilait plus jamais la face. Avoir confiance en quelqu'un, l'aimer pouvait vous égarer au point de vous empêcher de voir ses erreurs, ses mensonges, ses tromperies.

Ce qui expliquait qu'il évite de s'impliquer auprès des jeunes femmes qu'il croisait sur son chemin. Mettre assez rapidement un terme à ces liaisons évitait toute sorte d'attachement susceptible d'entraîner déception, et donc chagrin.

Fraser le fixait, l'œil noir.

— Je ne vais quand même pas saboter mon propre mariage en avouant à Sabine une petite erreur. Et comme je te l'ai dit, j'aimerais bien que tu ne perdes pas de vue Élodie Campbell, pour empêcher tout risque de scandale.

Mack avait le sentiment que contrôler la jeune femme, ne serait-ce que quelques secondes, relèverait du défi. Mais il aimait les défis. Qui plus est, dans la mesure où elle était très séduisante, cela rendrait ce défi d'autant plus intéressant.

Contrôler l'attirance qu'elle exerçait sur lui serait peut-être plus compliqué.

3.

Elizabeth retourna dans sa chambre située à l'étage pour appeler sa sœur sans courir le moindre risque d'être entendue. Ce fut sans surprise qu'elle découvrit une série de SMS envoyés par sa mère. Lâchant un soupir, elle lui répondit que tout allait bien et qu'elle passait un agréable moment. Un mensonge de plus ou de moins, quelle importance ? Ce n'était certainement pas le premier et sans doute pas le dernier.

Après quoi elle composa le numéro de sa jumelle.

— Aurais-tu la gentillesse de m'expliquer ce qui s'est produit au juste entre Fraser McDiarmid et toi ? lança-t-elle sans ambages.

— Rien.

— Ça m'étonnerait. Je viens de le rencontrer et il ne s'est pas montré des plus aimables. Il m'a aussi conseillé d'un ton grinçant de ne rien répéter. Donc, désolée, mais j'en déduis qu'il y a bel et bien quelque chose à cacher ! Tu aurais pu m'en parler, Élodie. J'ai l'impression d'être sur une scène de théâtre face au public et de m'être trompée de rôle ! Tu imagines comme c'est agréable…

Un bref silence se fit sur la ligne. Puis Élodie poussa un énorme soupir avant de reprendre la parole.

— Eh bien… je ne t'ai rien dit parce que je ne suis pas très fière de cet épisode.

Elle marqua de nouveau une pause.

— J'ai eu une aventure d'un soir avec lui. Une nuit, rien de plus. Il ne me plaisait pas particulièrement, mais je venais de rencontrer Lincoln avec sa nouvelle copine dans un bar londonien, et… je ne sais pas, ça m'a rendue un peu folle. Je me suis mise à bavarder avec Fraser, et puis… je me suis retrouvée dans sa chambre. Voilà, rien de plus.

Elizabeth savait que sa sœur agissait parfois de façon irréfléchie, mais de là à passer la nuit avec un parfait inconnu ? Cela ne ressemblait pas à Élodie, aussi charmeuse, hardie et extravertie fût-elle. Une question lui vint alors à l'esprit : connaissait-elle sa jumelle aussi bien qu'elle le pensait ?

Élodie avait toujours affirmé ne pas être amoureuse de Lincoln Lancaster. À l'en croire, leur relation avait été déséquilibrée depuis le début. C'était lui qui avait insisté pour qu'ils se marient alors qu'ils se connaissaient depuis deux mois à peine. Si tel était le cas, pourquoi le fait de le croiser dans un bar avec une nouvelle compagne l'aurait-il perturbée à ce point ?

— Quoi qu'il en soit, tu aurais dû me prévenir. J'avoue être dépassée par les événements. Ce n'est pas du tout ce à quoi je m'attendais !

— Si je t'avais dit toute la vérité, tu aurais refusé de me remplacer, Eliz.

— Compte tenu des circonstances, je ne comprends pas pourquoi tu as accepté d'être la demoiselle d'honneur de Sabine. D'autant plus que, d'après ce que j'ai compris, elle n'est pour toi qu'une connaissance, pas une véritable amie. Tu aurais très bien pu refuser poliment.

— J'ai accepté avant de savoir qui était son fiancé. Quand je l'ai appris, il était trop tard pour faire machine arrière. De plus, je me suis dit que c'était une façon de rendre à Fraser la monnaie de sa pièce !

— Ah ? murmura Elizabeth, un sourcil levé. Et… pourquoi ? Il ne t'a obligée à rien, non ?

— Exact, mais c'est un amant égoïste et en plus il s'est bien gardé de me parler de sa relation avec Sabine. Je n'aurais évidemment jamais passé la nuit avec lui si j'avais été au courant de ses fiançailles. Je voulais me venger, et l'adorable Sabine m'en a offert l'occasion sur un plateau d'argent !

— Et tu ne te sens pas mal par rapport à elle ?

Cette question fut suivie d'un silence.

— Au moment où ça s'est produit, non, mais maintenant oui, répondit enfin Élodie.

— Voilà donc pourquoi tu m'as demandé d'assister à ta place à cette répétition ?

— En partie, sans doute. Mais j'avais aussi un entretien ici à Londres qui vient tout juste de se terminer.

— Alors, comment ça s'est passé ?

— Ils veulent me revoir demain pour me poser d'autres questions.

En entendant ces mots, Elizabeth eut l'impression qu'un terrible poids s'abattait sur ses épaules.

— De… main ? répéta-t-elle d'une voix étranglée. Mais tu es censée me retrouver ici demain matin pour reprendre ta place, Élodie !

— C'est impossible. Il faut que tu me remplaces plus longtemps que prévu. Ce ne sera jamais qu'un jour de plus, rien de catastrophique. Jusqu'ici tu t'en tires plutôt bien, non ? Continue sur ta lancée ! Il faut que je te laisse maintenant, Eliz. J'ai rendez-vous avec l'un des membres de l'équipe pour prendre un verre. Au revoir.

Abasourdie, Elizabeth fixa le téléphone désormais silencieux qu'elle serrait fort dans sa main comme si elle espérait effacer ainsi la conversation qu'elle venait d'avoir avec sa sœur. Elle allait donc devoir prolonger de vingt-quatre heures ce petit jeu qui lui devenait de plus en plus pesant ?

Et si elle échouait dans cette entreprise ?

Mack leva les yeux au ciel. Quelle idée ! Comment avait-il pu demander à Élodie Campbell de le rejoindre dans la bibliothèque où ils se retrouveraient en tête à tête ? Mais il n'avait pas résisté à la tentation de l'éloigner de la fête. Non content de vouloir connaître sa version de son aventure avec Fraser, il avait aussi une irrésistible envie de mieux cerner ce personnage. Elle se montrait aimable, chaleureuse, même envers Sabine, alors qu'elle avait eu une relation avec celui que la jeune femme s'apprêtait à épouser. Drôle de conception de l'amitié ! Son frère avait admis qu'Élodie ignorait tout de ses fiançailles quand ils s'étaient rencontrés. Soit, mais de là à accepter le rôle de demoiselle d'honneur…

Quel était exactement le motif de sa présence à ce mariage ? Dans la mesure où elle avait un emploi du temps très chargé qui la menait aux quatre coins du monde, elle aurait très bien pu décliner la proposition de Sabine sans pour autant la vexer. Pétrie de bonté et de générosité, celle-ci ne s'en serait pas formalisée.

Plus il y songeait, plus il était convaincu que quelque chose se cachait derrière l'image du célèbre mannequin. Au cours de leur échange verbal, elle avait manifesté un tempérament vif et pourtant il l'avait vue à plusieurs reprises se mordre les lèvres, affichant un air confus. Il avait aussi vu ses joues s'embraser, or jamais il n'aurait imaginé que Mlle Campbell rougisse, apparemment déstabilisée par ses propos. À moins qu'elle ne se sente coupable d'avoir eu une aventure avec le fiancé de Sabine ?

Mais ces seules raisons n'expliquaient pas qu'il désire se ménager un tête-à-tête avec la jeune femme. Il tenait à s'assurer que celle-ci n'avait aucune arrière-pensée, qu'elle n'envisageait pas de perturber le déroulement de ce mariage. Sabine avait eu une excellente influence sur Fraser durant l'année qui venait de s'écouler, et Mack tenait à ce que leur mariage se déroule le mieux possible. Pas à cause de l'argent investi à cette occasion, ce n'était là qu'un détail à ses yeux. Non, ce qu'il redoutait, c'était que Fraser devienne incontrôlable si Sabine décidait de mettre un terme à leur relation.

Le père de la jeune femme, homme d'affaires fortuné, avait promu Fraser à un poste assez élevé dans son entreprise et lui avait en outre accordé certains privilèges non négligeables. Or tout cela lui serait retiré en un clin d'œil si un quelconque problème surgissait dans la vie de sa fille unique et adorée.

Et Mack préférait ne pas imaginer les répercussions qu'aurait sur son frère la perte de cet emploi, l'anéantissement soudain de cette carrière qui s'était avérée si stabilisante pour lui.

Il devait donc surveiller de près Élodie Campbell afin d'éviter le moindre incident susceptible d'avoir des répercussions dramatiques sur cette union. Et une façon d'atteindre son but consistait à faire en sorte qu'elle concentre son attention sur lui plutôt que sur son frère.

Force lui était d'admettre qu'il lui était arrivé dans sa vie d'être confronté à des tâches bien plus ingrates.

Elizabeth envisagea d'ignorer l'ordre de Mack – car il s'agissait bien d'un ordre. Rien ne l'obligeait à le retrouver dans la bibliothèque. Rien en effet, mais elle se laissa guider par la curiosité. Et cette curiosité, elle le savait, n'était pas liée au seul plaisir de découvrir la bibliothèque du château vieux de plusieurs siècles, quelle que soit sa passion pour les livres et les archives. Non. La perspective de rejoindre l'énigmatique Mack McDiarmid lui semblait bien plus excitante encore.

Dangereusement excitante, elle en était bien consciente.

Elle trouva sans peine la bibliothèque et se réjouit d'y être arrivée avant lui. Cela lui laissait le temps de parcourir du regard les immenses étagères regorgeant d'ouvrages qui couvraient les murs. Sidérée, elle retint son souffle face à certains titres d'une valeur inestimable pour l'archiviste qu'elle était. Il y avait là des journaux intimes écrits par des ancêtres de Mack, qu'elle aurait adoré avoir le temps de lire.

La pièce était meublée d'un fauteuil en velours ainsi que d'un canapé installé face aux fenêtres donnant sur les bois. Un grand lampadaire avait été placé à côté du fauteuil, ce qui en faisait un lieu idéal pour se perdre dans la lecture de l'un de ces passionnants ouvrages. Elle s'imaginait sans peine recroquevillée dans ce confortable siège, tenant entre ses mains un livre ancien, face à la neige des Highlands qui tombait doucement au-dehors.

Incapable de se maîtriser plus longtemps, elle posa sa pochette sur l'une des étagères et commença à examiner les titres alignés là, écarquillant les yeux face à certains trésors. Mack était-il conscient de la valeur de ces livres ? Les avait-il fait référencer ? Étaient-ils couverts comme il se devait par une assurance ? Le cœur battant, elle découvrait ces pépites, rangée après rangée, et rêvait de les prendre dans ses mains, de les ouvrir. Mais ces ouvrages anciens devaient être maniés avec précaution. Il fallait utiliser des gants en coton et ne les consulter que dans un environnement à température contrôlée afin de les protéger.

Le cliquetis de la porte qui s'ouvrait retentit alors derrière elle, et Elizabeth se figea avant de se tourner dans cette direction.

— Vous avez là des ouvrages extraordinaires ! s'exclama-t-elle. Les avez-vous fait estimer ? Sont-ils convenablement assurés ?

Mack traversa la pièce d'un pas lent. L'expression de son visage était impénétrable.

— Ceux qui avaient le plus de valeur ont été vendus il y a quelques années.

— Il vous en reste bien d'autres, répliqua-t-elle, le doigt pointé sur un ouvrage relié de cuir, rangé sur une étagère au-dessus d'elle. Cette édition des *Contes de Canterbury*, par exemple, est très rare. Une copie s'en est vendue il y a peu aux enchères à un prix élevé. Vous pourriez me le descendre, s'il vous plaît ? Et est-ce que vous avez des gants en coton ?

Comme Mack ne lui répondait pas, elle se tourna vers lui, étonnée.

— Que se passe-t-il ? Quelque chose ne va pas ?

Il avança encore jusqu'à se retrouver sous l'éclairage du lustre en cristal travaillé.

— Vous vous intéressez aux livres de collection ?

Il lui avait posé la question sans se départir de son expression indéchiffrable, mais elle crut voir un étrange éclair traverser son regard. Un éclair qui lui procura un frisson. Et soudain elle prit conscience de son erreur. Sa jumelle était un mannequin spécialisé dans la lingerie, qui avait quitté l'école avant d'obtenir son baccalauréat, précisément parce qu'elle était pressée de faire carrière dans le mannequinat. Élodie avait d'ailleurs donné de nombreuses interviews concernant son combat contre la dyslexie et ses difficultés de lecture.

— Euh… oui. C'est un peu mon hobby.

Elle se mordilla les lèvres et s'empressa de se tourner vers les étagères. Son cœur battait si fort qu'elle avait l'impression de l'entendre résonner dans la pièce. Les joues en feu, elle fit mine de concentrer son attention sur les livres alignés là.

— Quels sont vos autres hobbies ? demanda Mack.

Au prix d'un effort, elle reprit sa position initiale et plaqua un sourire sur son visage.

— J'aime bien dessiner. Et de temps en temps je touche aussi à l'aquarelle.

Cette fois elle ne mentait pas, car sa sœur partageait son goût pour le dessin et la peinture.

Mack se rapprocha encore d'elle et, sous ce regard perçant, elle fut tentée de s'enfuir.

— J'ai une question à vous poser. Pourquoi avez-vous accepté d'être la demoiselle d'honneur de Sabine ?

Saisie par la brutalité de ladite question, elle fut prise de panique. Décidément, le service qu'elle avait accepté de rendre à sa sœur se révélait d'une nature bien plus épineuse qu'elle ne l'avait imaginé. Mais comment faire machine arrière, à présent ? Elle n'avait pas le choix, il fallait qu'elle continue à jouer le jeu.

— Parce que c'est quelqu'un que j'apprécie beaucoup, répondit-elle aussi naturellement que possible. Elle est adorable.

Cette fois encore, elle ne mentait pas. Ce qu'elle avait perçu de la jeune femme, même en n'ayant passé que quelques instants en sa compagnie, l'incitait à penser qu'elle méritait bien mieux que Fraser McDiarmid. Elle aurait tant aimé prévenir Sabine que celui qu'elle s'apprêtait à épouser n'était pas fiable… Mais c'était bien sûr impossible. Cela l'obligerait à révéler sa véritable identité, et Sabine découvrirait alors que trois personnes l'avaient trompée : son fiancé, Élodie et elle-même, puisqu'elle se faisait passer pour sa sœur.

— Dans ce cas, pourquoi avoir eu une relation avec mon jeune frère, l'homme qu'elle est sur le point d'épouser ?

Elle avala sa salive.

— Je… ne tiens pas à en parler.

— Nous ne quitterons pas cette pièce avant d'avoir discuté de ce sujet, riposta-t-il de ce ton autoritaire qui avait provoqué sa colère un peu plus tôt.

Elle darda sur lui un regard glacial.

— Je doute que vous puissiez me retenir prisonnière ici.

— Ne me tentez pas !

Autour d'eux, l'air parut soudain se charger d'électricité. Figée, Elizabeth sentait à présent son cœur cogner contre sa poitrine. Mack se tenait tout près d'elle. Assez pour qu'elle sente son souffle brûlant sur son visage, sur ses lèvres. Allait-il l'embrasser ? Comme cette question lui traversait l'esprit, elle s'aperçut qu'elle n'aurait aucune envie de chercher à lui échapper si cela se produisait. Bien au contraire, même.

À l'approche de la trentaine, son expérience amoureuse frôlait le néant. Un baiser, un seul baiser, voilà tout ce qu'elle avait connu. Baiser qui avait eu pour effet de la conduire à l'hôpital et avait valu à sa mère un an de soins psychologiques. Cela seul suffisait à lui rappeler que le contrôle de la situation était en train de lui échapper. Elle pouvait prétendre être sûre d'elle, impertinente, mais ce n'était là qu'un rôle qu'elle s'était engagée à jouer. Celui d'Élodie, habile et audacieuse à l'inverse d'Elizabeth, timide et inexpérimentée.

Arquant un sourcil, elle redressa le menton.

— À cet instant précis, je serais assez tentée de vous gifler ! asséna-t-elle.

— Dans ce cas, autant vous donner une bonne raison de le faire…

Sitôt ces mots prononcés, il lui posa en souriant les mains

sur les épaules et inclina la tête vers elle. Sa colère s'envola en un instant, pour laisser place au trouble profond que suscitait cet homme en elle. « Trouble » était un mot bien faible pour exprimer ce qu'elle ressentait en sa présence. « Désir » convenait mieux, elle était bien forcée de l'admettre. Cette flamme qui brûlait en ce moment même au plus profond de son être n'était autre qu'une manifestation de ce désir, elle en était persuadée. Et…

Et soudain elle eut l'impression de se pétrifier, la panique qui venait de jaillir en elle balayant tout sur son passage.

— Attendez…, fit-elle d'une voix éraillée en tendant les deux mains vers son torse, dur comme de la pierre. Est-ce que… vous avez mangé des noisettes ou des amandes, ou… ?

Sa voix s'étrangla dans sa gorge, l'empêchant d'en dire plus long. Mack la dévisageait, les yeux arrondis.

— Pardon ?

Elle passa la langue sur ses lèvres sèches.

— Je ne peux pas vous embrasser si vous venez de manger des fruits à coque. Je déteste ce goût. Il me donne la nausée.

Mack, qui la tenait toujours par les épaules, haussa un sourcil.

— Vous voulez que je vous embrasse ?

Terriblement gênée, elle s'éclaircit la voix.

— Eh bien, je pensais que… c'est ce que vous vouliez et que vous vous apprêtiez à faire, murmura-t-elle.

— Ma foi, ça ne serait pas une mauvaise idée, dit-il sans cesser de la fixer. Mais compte tenu des circonstances, ça ne me semble pas très sage.

Il la lâcha et laissa ses bras retomber le long du corps sans pour autant s'écarter d'elle.

— Par « circonstances », vous voulez parler de… des fruits à coque ? s'entendit-elle demander.

— Vous ne les aimez pas ou vous y êtes allergique ?

Spontanément, elle lui livra toute la vérité.

— Je suis allergique aux arachides. Et il s'agit d'une allergie sévère. Je ne peux même pas toucher l'endroit où ils étaient posés ni utiliser des savons contenant de l'huile d'amande ou autres produits dérivés.

— J'imagine que ça ne doit pas toujours être facile à éviter.

— J'en ai l'habitude, dit-elle avec un haussement d'épaules. C'est un sujet délicat que je m'abstiens en général d'aborder... pour ne pas ternir l'image glamour du célèbre mannequin que je suis devenue.

Ouf ! Elle ne s'en tirait somme toute pas trop mal.

— Vous n'avez jamais songé à devenir le porte-drapeau de cette cause ? Votre célébrité contribuerait sans doute à mieux la faire connaître et aussi à financer la recherche par le biais de défilés ou d'autres événements.

En entendant ces mots, elle sentit ses jambes flageoler. Chaque fois qu'elle pensait avancer d'un pas, une erreur survenait, qui la tirait de nouveau en arrière.

— Je préfère utiliser mon influence d'autres façons, lui répondit-elle en fronçant le nez. J'aime autant qu'on me rappelle le moins possible mon système immunitaire défaillant.

— Vous êtes allergique à tous les fruits à coque, ou uniquement aux cacahuètes ?

— À tous et en particulier aux cacahuètes.

— J'avoue ne pas les porter dans mon cœur, moi non plus.

Elle le fixa, les yeux arrondis.

— Ah ?

— J'en ai mangé une quand j'étais tout petit et il a fallu m'amener aux urgences.

— Ah ? répéta-t-elle, captivée aussi bien par ses propos que par le mouvement de ses lèvres. J'ai... entendu dire que c'était très dangereux pour les enfants en bas âge.

— En effet.

Mack ne s'était pas écarté d'elle, et la proximité de ce superbe corps masculin contribuait à lui faire perdre ses moyens. Elle se surprit soudain à souhaiter franchir la faible distance qui les séparait pour se blottir dans ces bras vigoureux. À désirer sentir sur sa bouche celle de celui qui lui faisait face.

Recule. Ne reste pas si près de lui.

Mais elle ne bougea pas d'un pouce et ce fut le moment qu'il choisit pour tendre la main vers elle et lui caresser le visage. Le son de sa voix, à la fois douce et voilée, retentit alors, la faisant presque sursauter.

— Bien, puisque j'affirme n'avoir mangé aucune noix, noisette, amande ou cacahuète… un simple baiser ne devrait présenter aucun risque, non ?

Elizabeth cligna des paupières. Avait-elle bien entendu ?

— Donc… c'est bien ce que je pensais ? Vous voulez m'embrasser.

Il fallait qu'elle se ressaisisse, qu'elle cesse de donner d'elle cette image de jeune femme naïve et effrayée, si différente de sa jumelle.

— Pour être honnête, j'avoue être terriblement tenté.

Il accompagna ces mots d'un irrésistible sourire et laissa sa main descendre le long de sa nuque, ce qui la fit frissonner.

— Et pour quelle raison ? insista-t-elle, regrettant aussitôt cette question stupide.

— Parce que je vous trouve très attirante, par exemple.

Son sourire s'était élargi et ce fut le moment que choisit Elizabeth pour redescendre sur terre. Ce n'était pas *elle* qu'il trouvait attirante, mais *sa sœur*, le célèbre mannequin de lingerie ! Cette pensée lui fit l'effet d'une gifle, mais à quoi bon se leurrer ? Comment un homme pareil, élégant, issu d'un tel milieu et doté d'une telle prestance pourrait-il porter le moindre intérêt à Elizabeth Campbell ?

— Euh… c'est très flatteur…

— Pourquoi cette allergie n'a-t-elle jamais été mentionnée dans vos nombreuses interviews ?

Et pourquoi revenait-il sur le sujet ? Voilà qui ravivait son inquiétude.

— Eh bien… comme je vous l'ai dit, je ne tiens pas à ce que tous les aspects de ma vie soient exposés au public. Par ailleurs, je ne voulais pas non plus que quelqu'un cherche à utiliser ce genre d'information pour saboter une importante séance photo.

Comme il l'interrogeait du regard, elle enchaîna.

— Ce milieu est une véritable jungle ! s'exclama-t-elle, cette fois encore assez contente de sa performance.

Qui aurait cru qu'elle soit capable de jouer si bien le jeu ? Exception faite de quelques erreurs, certes, qu'elle avait toutefois parfaitement réussi à corriger. Dans l'ensemble, elle n'était pas peu fière de sa prestation. Au point de songer soudain qu'elle aurait peut-être pu faire carrière dans le théâtre !

— Un mannequin serait capable de jouer un tour pareil à un ou une de ses collègues ? s'enquit Mack d'un air surpris.

— Il s'agit d'un univers très particulier où règne la compétition. Je pars donc du principe que « Mieux vaut prévenir que guérir ».

Et voilà, ce n'était pas plus compliqué que cela. Elle préférait cependant limiter les risques et décida donc qu'il était temps de mettre un terme à ce tête-à-tête.

— Nous devrions peut-être retourner dans le salon, maintenant, suggéra-t-elle, prête à tirer profit de la vague d'assurance qui venait de déferler en elle.

— Pourquoi ? Rien ne presse.

Elle sentit les doigts masculins se glisser dans sa chevelure, ce qui eut pour effet d'éliminer en une seconde la confiance qui l'avait gagnée quelques instants plus tôt. Les effluves boisés de l'après-rasage arrivèrent jusqu'à elle, accentuant ce besoin insensé de se rapprocher encore de lui. Ce désir fou de l'embrasser.

— Les futurs mariés et les invités se demandent peut-être où nous sommes…, chuchota-t-elle.

Elle vit un sourire sensuel se dessiner sur ses lèvres tandis qu'il répondait :

— Ils nous imaginent peut-être en train de faire l'amour dans cette bibliothèque.

— Oh ! quand même pas ! Nous nous connaissons depuis une heure à peine.

— Si j'en crois ce qu'on m'a dit, ce genre de détail ne vous a jamais arrêtée jusqu'ici, répliqua-t-il sans pour autant cesser de sourire.

Bien que heurtée par ces propos, elle puisa en elle la force de répliquer :

— Il ne faut pas croire tout ce qu'« on » vous dit.

— Rassurez-vous, je ne suis pas tombé de la dernière pluie.

Elle scruta son visage, dont l'expression était redevenue impénétrable malgré son sourire. Elizabeth serra les lèvres, puis lâcha un soupir avant de reprendre la parole.

— Pourquoi ai-je l'impression que vous jouez au chat et à la souris avec moi ?

— Il y a en vous quelque chose qui me fascine.

— Ah ? fit-elle prudemment.

C'était bien la première fois de sa vie que quelqu'un lui disait une chose pareille.

— Et pour quelle raison ? se surprit-elle à demander.

Comme il enroulait autour de son index une mèche de cheveux cuivrés, elle retint son souffle. Jamais elle n'avait rencontré un homme qui lui plaise autant. Et cet homme-là, qui se tenait à présent tout près d'elle, avait à son égard des gestes éloquents. D'ailleurs, ne venait-il pas de lui dire qu'il la trouvait « très attirante » ?

— Vous représentez pour moi un mystère. Un mystère que j'aimerais bien percer…

— Je vous certifie pourtant qu'il n'y a en moi rien de mystérieux.

Pourquoi continuait-elle à s'exprimer de cette voix un peu rocailleuse ? Et surtout, pourquoi ne s'empressait-elle pas de quitter cette bibliothèque avant de perdre le contrôle de la situation ? Elle avait l'impression d'être hypnotisée par Mack McDiarmid. Tout en lui la troublait : ses yeux étincelants, son sourire, ses gestes. Et elle avait de plus en plus de mal à détourner le regard de ses lèvres. Lèvres qu'elle avait hâte de sentir sur les siennes.

— Je ne suis pas d'accord avec vous, déclara-t-il, la tirant de ses pensées pour le moins perturbantes. J'ai deviné que vous cachiez quelque chose dès l'instant où je vous ai aperçue à la fenêtre de votre chambre.

D'un geste qui se voulait naturel, Elizabeth repoussa ses cheveux en arrière.

— Évidemment ! J'étais en train de me changer et, à ce moment-là, j'étais couverte en tout et pour tout d'une simple écharpe.

— Des milliers de personnes partout dans le monde vous ont vue vêtue de bien moins encore.

Elle passa la langue sur ses lèvres sèches puis se tourna vers la porte.

— Je pense qu'il est temps que nous retournions au salon, maintenant. La répétition ne va pas tarder à commencer, et tout le monde trouverait notre absence bizarre.

— Vous avez raison, admit Mack en s'écartant d'elle, un petit sourire énigmatique au coin des lèvres. Un rôle important nous a été assigné à vous comme à moi ce week-end, n'est-ce pas ?

— Euh… oui, absolument.

Le cœur battant, elle récupéra la pochette qu'elle avait laissée un peu plus tôt sur une étagère. Force lui était d'admettre que le sien aurait été bien plus simple à jouer sans la présence de Mack McDiarmid. Elle s'apprêtait à regagner la sortie lorsqu'il lui posa une question qui contribua à la déstabiliser un peu plus encore.

— J'aimerais bien savoir ce que vous pensez de mon frère.

Après un instant d'hésitation, Elizabeth décida de faire preuve d'honnêteté, quitte à paraître rude.

— À mon avis, Sabine mérite mieux que lui.

Mack se trouvait de nouveau sous la lumière du lustre et elle vit ses traits se crisper.

— En d'autres termes, vous souhaiteriez que ce mariage soit annulé ?

Il lui en coûta, mais elle réussit à soutenir son regard perçant.

— Croyez-vous qu'il soit vraiment amoureux d'elle ?

— Je ne suis pas certain que Fraser saisisse bien le sens du mot « amour », répondit-il en grimaçant un sourire.

— Et vous ?

La question avait fusé de ses lèvres sans lui laisser le temps de se censurer elle-même.

Mack lâcha un rire sec.

— Je sais que ce mot désigne un sentiment fort, je sais aussi que ce sentiment peut être à l'origine de gros dégâts quand il n'est pas partagé, mais je ne le connais moi-même que par ouï-dire.

— Comme moi.

— Ah ? dit-il, visiblement étonné. Vous avez pourtant été sur le point de vous marier ?

Elizabeth eut du mal à réprimer une grimace. Aussi satisfaite soit-elle de sa prestation, elle devait admettre que celle-ci n'était pas tout à fait au point. Une question lui vint alors à l'esprit : Élodie avait-elle réellement été amoureuse de Lincoln Lancaster ? Dès le début, ils avaient vécu une relation passionnelle. Au point qu'il lui arrive d'envier sa jumelle, car personne n'avait jamais posé sur elle des regards aussi ardents. Élodie avait elle aussi prétendu aimer Lincoln.

En tout cas jusqu'au jour du mariage, où, soudain, comme si quelqu'un avait appuyé sur un bouton pour mettre fin à cette histoire, elle avait décrété qu'il s'agissait d'une erreur, qu'elle était trop jeune pour s'installer en couple, que Lincoln n'était pas vraiment l'élu de son cœur, et ainsi de suite. Tout le monde avait été choqué par ce brusque retournement de situation. Surtout Elizabeth qui, convaincue que sa jumelle avait trouvé l'âme sœur, avait vu cette prétendue histoire d'amour s'effondrer comme un château de cartes.

— J'ai tout à coup compris que j'étais trop jeune pour me poser, déclara-t-elle d'un ton qui se voulait naturel. Et j'ai donc préféré annuler ce mariage tant que c'était encore possible plutôt que de devoir divorcer quelques années plus tard.

— Mais est-ce que vous avez aimé cet homme ? insista Mack.

Soulevant le menton, elle le toisa.

— Je ne crois pas que ça vous regarde.

Elle tournait déjà les talons, prête à quitter la pièce, quand la main masculine se referma autour de son poignet.

— Et quel genre de sentiments vous inspire mon frère ? lui demanda-t-il, accentuant légèrement la pression de ses doigts sur sa peau.

Elle aurait dû s'écarter de lui, sortir, rejoindre au plus vite les invités. Mais ce simple contact provoquait en elle des sensations intenses qu'elle n'avait aucune envie de fuir. Auprès de cet homme, elle avait l'impression que son corps sortait d'un long sommeil.

— Vous voulez que je vous réponde en toute honnêteté ?

— Tant qu'à faire, oui.

D'un geste vif, elle retira son bras et se massa lentement le poignet.

— Je ne l'aime pas du tout.

— Vous regrettez donc votre aventure avec lui ?

Incapable de soutenir son regard, elle posa les yeux sur les rangées de livres.

— Évidemment. D'autant que ça me met dans une situation très délicate.

Elle ne faisait là que formuler la vérité.

— Je ne voudrais pas que Sabine apprenne ce qui s'est passé, mais encore une fois ça ne me plaît pas qu'elle épouse votre frère demain sans savoir qu'il l'a trompée.

Lâchant un soupir, elle reporta son attention sur lui.

— Il aurait dû lui en parler avant d'en arriver là, pour qu'elle soit en mesure de décider si elle souhaitait ou non poursuivre leur relation. Elle pense épouser un homme loyal alors qu'il n'est qu'un tricheur et un menteur.

N'est-ce pas ce que tu fais toi-même depuis ton arrivée à Crannochbrae : tricher et mentir ?

— J'en déduis que vous jugez possibles des relations intimes basées sur la sincérité.

— Tant que faire se peut, lui répondit-elle en détournant une fois de plus le regard.

— C'est-à-dire ?

Elle se mordilla le coin des lèvres avant de reporter son attention sur lui.

— Quand une relation ne satisfait pas pleinement l'un des deux partenaires, il me semblerait normal qu'il évoque le problème avec la personne directement concernée au lieu d'aller chercher ailleurs.

— Je partage tout à fait votre avis.

Ces mots furent suivis d'un long silence. Silence que brisa un bruit de pas dans le couloir. Et la porte de la bibliothèque s'ouvrit soudain, ne laissant pas à Elizabeth le temps de s'écarter de Mack. Sabine, qui se tenait sur le seuil, afficha un grand sourire.

— Ah, vous voilà donc tous les deux ! s'exclama-t-elle, la mine réjouie.

— Je suis désolée, lança Elizabeth en s'éloignant aussitôt du maître de maison. J'espère que notre absence n'a pas retardé le début de la répétition…

— De quelques minutes à peine, ce qui n'a rien de grave, lui répondit Sabine sans se départir de son sourire.

Elle les regarda tour à tour avant de lancer :

— Vous avez l'air de bien vous entendre, j'en suis ravie.

Sans plus attendre, elle rejoignit Elizabeth, qu'elle prit par le bras avant d'ajouter :

— Voilà qui rendra plus spécial encore le jour de mon mariage ! N'est-ce pas, Mack ?

— Absolument, déclara-t-il avec un sourire figé.

Prise d'une sorte de vertige, Elizabeth se dirigeait vers la sortie quand la voix de Mack retentit de nouveau.

— Vous n'oubliez rien ?

Elle se tourna vers lui. Il tenait à la main sa pochette, qu'elle avait reprise puis laissée sur une autre étagère sans même s'en apercevoir.

— Merci, murmura-t-elle en prenant le petit sac qu'il lui tendait.

Fallait-il que la présence de cet homme la perturbe pour qu'elle parte sans songer à récupérer cette pochette où étaient rangés les précieux EpiPens ?

Il n'existait en revanche aucun médicament pour se protéger du genre de danger que représentait Mack McDiarmid.

4.

Elizabeth se mêla aux autres invités et participa à quelques conversations çà et là, sous le regard scrutateur de Mack. Il semblait suivre chacun de ses mouvements. Même quand elle lui tournait le dos, elle sentait son attention constante. Dotée d'une sensibilité à fleur de peau, elle détestait se retrouver sous le feu des projecteurs. De quoi Mack la croyait-il capable ? De dévoiler à Sabine la conduite odieuse de son fiancé ? À cause de sa sœur jumelle, Elizabeth se retrouvait dans une situation des plus compromettantes et se demandait comment se sortir de ce mauvais pas. Elle ne possédait pas l'audace nécessaire. D'abord parce qu'elle n'avait jamais connu de vie sociale à cause de son allergie et ensuite parce qu'elle ignorait tout des hommes de la trempe de ce Mack McDiarmid. Un individu des plus dangereux, car il exerçait sur elle une attirance folle.

Une fois la répétition terminée, les invités furent conduits dans une salle à manger somptueuse où Elizabeth eut la désagréable surprise de découvrir l'identité de son voisin de table. Elle devait s'asseoir à côté de Mack et face aux deux jeunes fiancés. Écœurée par le comportement de Fraser, elle savait qu'elle n'aurait pas la force d'avaler quoi que ce soit en sa présence.

Certes, sa propre attitude n'avait rien de glorieux, ce qui la contrariait d'autant plus. Et elle craignait d'oublier le rôle confié par sa sœur et de commettre des gaffes. Les répercussions seraient terribles et elle ressortirait mortifiée de cette aventure. Et, pire que tout, elle appréhendait la réaction de

Sabine, une jeune femme adorable, sympathique et visiblement très attachée à sa sœur.

Un doute terrible l'envahit soudain. Saurait-elle se montrer à la hauteur de la situation ? À sa place, Élodie aurait conquis toute l'assemblée par son charme, son sourire, sa capacité à converser de tout et de rien avec n'importe qui. Jamais elle ne serait restée dans son coin à se morfondre et à s'interroger sur le comportement à adopter au cours des deux heures à venir.

Mack s'approcha de l'endroit où elle se tenait et l'accompagna jusqu'à leur table, puis lui avança galamment une chaise.

— Il semble que nous serons contraints de passer beaucoup de temps ensemble ce week-end, lui dit-il avec un sourire enjôleur.

Elizabeth le fusilla du regard.

— Cette perspective ne m'emballe pas du tout, je peux vous l'assurer, répliqua-t-elle à mi-voix pour que personne autour d'eux ne l'entende.

Mack se pencha pour lui glisser à l'oreille :

— Au fait, j'ai donné des instructions strictes au chef pour que vous bénéficiez d'un régime spécial et que votre repas soit dépourvu de toute trace d'arachides.

— C'est… c'est très aimable à vous, bredouilla-t-elle, gênée par la soudaine proximité de son hôte.

Elle regrettait de ne pas avoir pris elle-même cette initiative. Comment aurait-elle pu passer inaperçue si elle ne touchait pas à la nourriture qui allait leur être servie ?

— Le chef ignorait tout de vos allergies alimentaires, ajouta Mack. Comment se fait-il que vous n'en ayez pas touché un mot à Sabine ?

— J'avais prévu de le faire… mais j'ai été distraite par d'autres choses, répliqua-t-elle, gênée.

Elizabeth se maudit intérieurement. En voulant faire preuve de la plus grande discrétion, elle obtenait le résultat inverse à celui escompté. Mack ne cachait pas son étonnement. Il la regardait fixement, les yeux plissés et les sourcils levés, dans l'attente d'une explication plus convaincante.

Heureusement, l'arrivée de Fraser et de Sabine à leur table mit un terme à cette situation embarrassante.

Elizabeth ne manqua pas de remarquer la sueur qui perlait au front du futur marié. Il avait les joues un peu rouges, le regard vitreux et des gestes désordonnés. Les deux frères ne se ressemblaient vraiment pas. Mack affichait une confiance en soi inébranlable, une grande assurance, alors que son frère cadet peinait à masquer son manque de contrôle.

Qu'est-ce que Sabine pouvait bien lui trouver ? Quelles qualités voyait-elle en lui ? L'amour la rendait-il aveugle ? La pauvre risquait de déchanter en découvrant la vraie nature de celui qu'elle s'apprêtait à épouser.

Elizabeth frémit quand elle la vit poser une main sur la joue de son fiancé et lui sourire.

— Te rends-tu compte que demain à cette heure-ci nous serons mari et femme ? Je n'arrive pas à le croire.

Fraser lui adressa un sourire crispé.

— J'ai hâte, mon amour.

Sur ces mots, il leva sa coupe de champagne pour porter un toast.

— À Sabine, ma merveilleuse épouse ! lança-t-il gaiement. Mon âme sœur, l'amour de ma vie !

— À Sabine ! s'écrièrent en chœur tous les convives.

Une brusque nausée saisit Elizabeth, tout comme Mack qui ne put réprimer une grimace.

Plus tard cette nuit-là, une fois que les invités eurent tous regagné leur chambre, Mack passa un long moment à la fenêtre d'un petit salon qui donnait sur le lac. La lune traçait des sillons dorés sur les eaux cristallines en contrebas. La sérénité du paysage sous ses yeux contrastait avec son agitation intérieure. L'image d'Élodie le hantait. Il n'arrivait pas à la chasser de son esprit.

Alors qu'elle souffrait d'une grave allergie aux arachides, elle n'en avait soufflé mot à personne. Sur Internet, seule sa dyslexie était connue de tous. Or, elle avait manifesté un grand intérêt pour les livres rares figurant dans la bibliothèque. Voilà qui était étonnant de la part d'une personne pour qui la lecture représentait un défi.

Mais ce qui l'intriguait le plus concernait son allergie. Était-elle soucieuse de son image au point de mettre sa vie en danger ? Si elle avait à ce point le goût du risque, pourquoi n'avait-elle pas fait allusion à son aventure d'un soir avec Fraser au cours du dîner ? La presse et son frère cadet la dépeignaient comme une agitatrice, or rien dans son comportement depuis son arrivée ne révélait cette facette de sa personnalité. Au contraire, elle paraissait tendue et gênée. À quel moment déciderait-elle de saboter le mariage ? Attendait-elle une occasion plus spectaculaire ?

Curieusement, Mack refusait de voir en cette jeune personne une aventurière sans scrupule. Sans doute parce qu'elle lui plaisait un peu trop… Elle l'attirait plus que n'importe quelle autre femme avant elle. Il la trouvait séduisante, ensorcelante, d'une beauté à couper le souffle et, à certains moments, déroutante. Et il n'arrivait pas à la chasser de son esprit. Le simple contact de sa peau avait déclenché en lui un orage de sensualité. Chaque fois qu'elle se tenait près de lui, la tentation de se rapprocher encore d'elle le tenaillait. Il avait même failli l'embrasser dans la bibliothèque. L'envie de savourer ses lèvres ne le quittait pas. Et quand il lui avait avoué ce désir, elle n'avait pas caché sa surprise, comme si elle ignorait tout de son pouvoir de séduction. Comment était-ce possible ? Des hommes dans le monde entier la convoitaient, y compris son frère. Il ne pouvait pas s'agir de fausse modestie de sa part. À quoi jouait-elle quand elle le regardait avec de grands yeux étonnés ? Cherchait-elle à faire grimper la température ? Si tel était le cas, elle avait atteint son but.

Il bouillait de désir…

Dans d'autres circonstances, Elizabeth aurait apprécié la matinée de préparation avec la future mariée et les autres demoiselles d'honneur. Se faire coiffer et maquiller par une équipe d'expertes l'avait ravie. Jamais elle n'avait vécu pareille expérience, contrairement à sa sœur. En sa qualité de mannequin de lingerie, Élodie devait offrir au monde l'image de la perfection la plus absolue.

Quand elle découvrit son reflet dans le miroir, dans sa jolie robe ajustée à fines bretelles, Elizabeth fut stupéfaite du résultat. La couleur marron glacé de la soie se mariait parfaitement avec son ombre à paupières.

De son côté, Sabine resplendissait dans la longue robe blanche qui soulignait sa taille fine et mettait en valeur ses formes féminines. Le voile de sa coiffe formait une longue traîne, lui donnant l'allure d'une princesse de conte de fées. Son visage brillait de bonheur et ses yeux étincelaient d'excitation. Jetant un coup d'œil à sa montre – une pièce empruntée pour l'occasion à sa grand-mère – elle déclara d'un ton enjoué :

— Il est temps d'y aller. Mon fiancé attend depuis trop longtemps. Prêtes, les filles ?

— Prêtes ! répondirent en chœur les demoiselles d'honneur.

La vaste tonnelle couverte de glycine où devait se tenir la cérémonie offrait un spectacle ravissant. L'anxiété d'Elizabeth augmentait toutefois à mesure que les minutes s'égrenaient. La scène lui rappelait le jour funeste du mariage de sa sœur. Bien que la cérémonie se soit tenue dans une cathédrale, avec un grand nombre d'invités, il y régnait la même atmosphère, le même sentiment d'attente. Le marié et ses garçons d'honneur avaient revêtu la magnifique tenue traditionnelle écossaise et scrutaient l'arrivée de la mariée et de son escorte.

Postée derrière un paravent en compagnie de son père, la mariée attendait son tour pour apparaître à la vue de tous. Il fallait d'abord que les demoiselles d'honneur entament leur procession.

Au moment où Elizabeth allait se mettre en marche, elle jeta un dernier regard vers Sabine et eut la surprise de voir son père lui parler à l'oreille. La mine sombre qu'il arborait et ses sourcils froncés ne présageaient rien de bon. Pourquoi ne souriait-il pas à sa fille avec fierté ? Pourquoi paraissait-il aussi grave et sérieux ? Malgré le ton bas qu'il employait, Elizabeth frémit en l'entendant prononcer le nom de sa sœur. Une vague de panique la saisit.

L'expression de Sabine se figea soudain et elle chercha Elizabeth du regard.

— Est-ce vrai ? s'écria-t-elle d'un ton outré. Avez-vous réellement couché avec Fraser ?

Elizabeth sentit sa gorge se nouer. Elle déglutit péniblement avant de bredouiller :

— Ce n'est pas… Ce n'est pas ce que vous croyez…

Sabine jeta son bouquet dans la direction des autres demoiselles d'honneur et se précipita vers Elizabeth, les yeux flamboyants de rage contenue.

— Mon père dit que c'est la vérité. Il a entendu Tim, un garçon d'honneur, plaisanter à ce sujet avec Fraser quand ils ont pris un verre ensemble juste avant le début de la cérémonie. Vous avez eu une aventure il y a quelques mois à Londres. Comment avez-vous pu vous comporter d'une manière aussi ignoble à mon égard ? Pourquoi avoir accepté d'être ma demoiselle d'honneur après avoir couché avec mon fiancé ?

De l'autre côté du paravent, des murmures étonnés se firent entendre. Visiblement, la voix de Sabine avait porté jusqu'aux rangs des invités.

Elizabeth recula d'un pas.

— Sabine, je vous en prie, laissez-moi vous expliquer. Ce n'était pas moi… enfin… j'ignorais qu'il était fiancé. Il ne m'a rien dit… C'est à peine si nous nous étions présentés l'un à l'autre quand nous avons couché ensemble. Ça n'avait pas d'importance, ni pour lui ni pour moi.

— Eh bien, ça en a pour moi.

Se tournant vers son père, elle déclara :

— Dis à Fraser que le mariage est annulé et que je ne veux plus jamais le revoir.

Puis s'adressant à Elizabeth, elle ajouta :

— Cela est valable aussi pour vous. Je croyais que vous

étiez mon amie, mais durant tout ce temps vous avez joué la comédie. Il est probable que vous ne m'appréciiez même pas.

Elizabeth avait bel et bien joué la comédie, mais pas dans le sens où l'entendait Sabine.

— Je... je vous apprécie beaucoup, Sabine. Vous méritez mille fois mieux que Fraser. Je suis désolée de vous infliger une peine aussi atroce mais, croyez-moi, ce n'est pas moi le problème, c'est plutôt le manque de fidélité de Fraser. Si ce n'avait pas été avec moi, il aurait couché avec une autre fille.

Ce qui était la stricte vérité, mais Elizabeth ne pouvait pas l'avouer sans trahir sa sœur.

Mack surgit soudain et lui prit le bras pour l'entraîner à l'écart au moment où Fraser se précipitait vers sa fiancée.

— Sabine, mon amour, que fais-tu ? Tu es la seule femme que j'aime...

La jeune femme se réfugia dans les bras de son père.

— Dis-lui de partir, gémit-elle contre sa poitrine. Je ne veux plus les voir, ni lui ni cette femme odieuse.

— Venez avec moi, intima Mack en s'adressant à Elizabeth.

Les jambes en coton, elle le suivit sans mot dire. Malgré les circonstances, elle se félicitait d'avoir mis un terme à ce mariage. Sabine aurait vécu l'enfer auprès d'un homme comme Fraser. Toutefois, comment sa sœur avait-elle pu la mettre dans une situation aussi compromettante ? L'ironie voulait même qu'on voie en elle une aventurière sans scrupule alors qu'elle n'avait jamais couché avec un homme.

Mack la conduisit à son bureau, situé à un étage supérieur et éloigné de la partie centrale du château. Une fois à l'intérieur de la pièce, il en referma la porte, puis fixa Elizabeth d'un regard indéchiffrable.

— Eh bien voilà, vous avez atteint votre but. Le mariage n'aura pas lieu. Décidément, c'est une spécialité chez vous d'annuler les cérémonies au dernier moment.

— Je... je ne suis pas responsable de ce qui s'est produit, objecta Elizabeth d'une voix mal assurée.

— Peut-être pas directement, mais vous avez dit à Sabine que

Fraser n'était pas assez bien pour elle. Auriez-vous l'intention de le garder pour vous ?

Elizabeth n'en croyait pas ses oreilles. Elle eut un petit rire cynique avant de demander :

— Vous plaisantez ?

— Pas le moins du monde.

Impressionnée par la fixité du regard de Mack, Elizabeth se détourna de lui pour déposer sur un guéridon le bouquet qu'elle tenait encore dans ses mains. Elle brûlait d'envie de lui dire la vérité. Si Élodie n'avait pas été retardée, elle ne l'aurait pas plongée dans la situation la plus stressante de son existence. Ses problèmes d'allergie n'étaient rien comparés à cet épisode.

— Je peux vous assurer que votre frère ne m'intéresse absolument pas, déclara-t-elle avec le plus grand sérieux.

Mack la rejoignit et posa les mains sur ses épaules. Puis, lentement, il l'obligea à se tourner vers lui et planta son regard dans le sien. Il semblait préoccupé.

— Vous allez bien ?

— Pas vraiment, non. Sabine… j'ai cru qu'elle allait me gifler. Je suis triste pour elle. Je l'aime beaucoup, mais elle me déteste à présent. C'est une personne adorable qui ne méritait pas de vivre une telle horreur le jour de son mariage. Pourquoi son père l'a-t-il mise au courant juste avant le début de la cérémonie ? S'il avait découvert la vérité avant, jamais sa fille n'aurait connu pareille humiliation.

Sentant des larmes perler à ses paupières, elle se mordit la lèvre inférieure pour ne pas pleurer.

Conscient de son trouble, Mack lui caressa la joue.

— Vous aimez vraiment Sabine ?

— Bien sûr ! Ce qui devait être le plus beau jour de sa vie s'est transformé en cauchemar.

Mack garda un moment le silence, puis déclara :

— Vous allez m'attendre ici. Je vais demander à une gouvernante d'empaqueter vos affaires. Je ne veux pas que cet incident soit relayé par la presse. Je pense réussir à raisonner Sabine et…

— Attendez ! coupa Elizabeth en reculant d'un pas pour s'éloigner de Mack. Qu'avez-vous en tête ? Allez-vous tenter de persuader Sabine d'épouser votre frère alors qu'elle ne veut plus entendre parler de lui ?

Elle le vit serrer les mâchoires.

— Avez-vous une idée du coût que représente ce week-end ?

— Et alors ? rétorqua-t-elle avec une moue dédaigneuse. Que vient faire l'argent dans cette histoire ? Votre frère a commis l'irréparable, il ne lui reste plus qu'à en assumer les conséquences.

Mack se passa une main nerveuse dans les cheveux et émit un profond soupir.

— Ce n'est pas une question d'argent. Fraser ne se remettra pas de cette rupture. Sabine a eu une influence des plus positives sur lui ces deux dernières années. Elle l'a rendu plus heureux que n'importe qui d'autre… depuis toujours.

Agacée, Elizabeth croisa les bras sur sa poitrine tout en le fusillant du regard.

— Heureux au point de coucher avec une personne qu'il n'avait jamais rencontrée sans lui dire qu'il était fiancé. Voilà une drôle de conception du bonheur.

— Je suis désolé que vous vous soyez retrouvée impliquée dans cette histoire. Fraser a eu tort de ne pas vous informer de ses projets de mariage.

L'air accablé, il se massa la nuque puis ajouta :

— Fraser a très mal vécu la mort notre père. Il avait quatorze ans et moi, seize. Ce décès l'a accablé, comme nous tous. J'ai tenté de l'aider à surmonter ce drame, sans résultat. L'exemple que j'essayais de lui donner n'avait aucune influence sur lui. Agité en permanence et impulsif, il est incapable d'assumer des responsabilités. À bien des égards, il ressemble beaucoup à notre père, ce qui est préoccupant.

Elizabeth fronça les sourcils.

— Comment votre père est-il mort ?

— Il s'est suicidé. C'est ma mère qui l'a trouvé… Après cela, elle a sombré dans la dépression. Elle ne s'en est jamais remise. Cinq ans plus tard, elle succombait à un cancer. Ce fut la chute libre pour Fraser. Mais sa rencontre avec Sabine il y a environ deux ans a bouleversé sa vie, dans le bon sens. Il est rentré dans le rang, a accepté un emploi au sein de l'entreprise de son père et s'est impliqué dans le travail. Finies les folles soirées arrosées. Mais maintenant…

Mack secoua la tête, les traits figés dans une expression atterrée.

— Vous pensez que cette rupture va le replonger dans ses travers ?

— À votre avis ?

— Je ne connais pas assez bien votre frère pour me prononcer.

Consciente de ce qu'elle venait d'insinuer, elle se sentit rougir sous le regard inquisiteur de Mack. Il devait avoir d'elle une image déplorable.

— Je suppose que le père de Sabine ne voudra plus qu'il travaille pour lui, reprit-elle.

— Vous avez tout compris.

Elizabeth imaginait assez bien le stress vécu par Mack à la suite du suicide de son père, du décès de sa mère et du désarroi de son frère, devenu incontrôlable. Tout cela à l'âge de seize ans.

— Comment avez-vous surmonté la perte de votre père ? Cela a dû être éprouvant pour vous aussi.

Le visage de Mack se figea en un masque rigide, et Elizabeth comprit aussitôt par quel moyen il parvenait à dominer ses émotions : en dissimulant ses propres combats intérieurs. Il était doté d'une force de caractère peu commune.

— Il le fallait. Je n'avais pas le choix. Personne d'autre n'aurait pu s'en charger à ma place.

— Pas de grands-parents ?

— Mes grands-parents paternels sont morts quand j'avais quatre ans. Dans un accident de voiture. Je me souviens à peine d'eux. Fraser, pas du tout.

— Et les parents de votre mère ?

— Ma grand-mère maternelle est décédée d'un cancer du sein quand ma mère avait treize ans. Le même cancer a eu raison d'elle des années plus tard. Et son père est mort quand j'avais dix ans. C'était un homme bon, constant et fiable.

— Comme vous.

Mack haussa les épaules d'un air désinvolte.

— Il faut savoir faire preuve de constance face aux crises, ce qui me ramène à notre plan.

— Quel plan ?

— Les paparazzis vont fondre sur vous, tels des vautours. Il va donc falloir vous cacher.

Elizabeth agrippa le dossier d'une chaise pour soutenir ses jambes flageolantes.

— Les paparazzis ?

— S'ils ont vent de cette histoire, ils vous harcèleront pour que vous leur accordiez une interview exclusive. Mais je vous préviens : hors de question que cela arrive.

Elizabeth frémit. À l'idée qu'on puisse la traquer, la harceler, qu'on brandisse devant elle des micros et des caméras, son cœur se mit à battre follement dans sa poitrine.

— Je ne ferai jamais une chose pareille.

Mack haussa un sourcil.

— Je crains de ne pas pouvoir vous croire, alors je vous accompagnerai jusqu'à ce que cette histoire se tasse.

Elizabeth ouvrit de grands yeux effarés. Avait-elle bien compris ce qu'il venait de lui dire ?

— M'accompagner ? Où cela ?

— Dans une cachette secrète.

— Vous allez me... *kidnapper* ?

Mack eut un petit rire.

— Pas du tout. Je vous offre le choix suivant : soit vous m'accompagnez de votre plein gré, soit je fais en sorte de détruire votre réputation et probablement aussi votre carrière.

Le cœur d'Elizabeth manqua un battement. Deux battements. Puis il s'emballa, comme sous l'emprise d'une attaque.

— Cela ressemble étrangement à du chantage.

— Voyez cela plutôt comme une alternative.

Elle leva le menton pour le toiser.

— Une alternative qui n'en est pas réellement une.

— Je crois que me suivre servira vos intérêts.

— Combien de temps ?

— Une nuit, le temps que les invités s'en aillent et que les paparazzis se lassent. Peut-être plus longtemps, si cela est nécessaire.

— *Plus longtemps ?* s'étrangla Elizabeth. Et mon travail ? Je ne peux pas disparaître du jour au lendemain sans prévenir.

Mack devait ignorer qu'elle avait pris des congés la semaine suivante pour visiter les villages écossais qui avaient vu naître bon nombre de ses ancêtres. Quant aux engagements pris éventuellement par sa sœur pour les jours à venir, il fallait qu'elle trouve un endroit tranquille pour interroger Élodie à ce sujet. Sa jumelle allait devoir se cacher aussi en attendant que le scandale s'apaise.

— Je suis sûr que vous pouvez disparaître quelques jours. Je vous dédommagerai pour le manque à gagner.

Elizabeth ne voulait absolument pas avoir affaire aux paparazzis, pas plus qu'être le témoin du chagrin de Sabine, à qui elle avait brisé le cœur.

Et la perspective de se cacher avec Mack piquait sa curiosité. Pourquoi ne pas profiter de cette situation pour en savoir plus sur cet homme fascinant ? Pour la première fois de sa vie, elle allait vivre une aventure palpitante auprès d'un homme qui l'attirait comme un aimant.

— Et maintenant vous me soudoyez ?

— Est-ce que ça marche ?

Elizabeth lui jeta un regard en biais.

— Un peu trop à mon goût.

5.

Mack demanda à son employée de maison la plus discrète d'empaqueter les affaires d'Élodie et de les transporter jusqu'à sa voiture avec un panier de victuailles pour deux jours. Il partit ensuite à la recherche de son frère. Ce dernier faisait les cent pas dans son bureau quand il le rejoignit.

— Il faut que tu parles à Sabine, Mack. Son père menace de saboter ma carrière. Il faut qu'elle change d'avis, sinon je suis fichu. C'est cette saleté de top model qui a tout manigancé. Elle a accepté de figurer parmi les demoiselles d'honneur pour m'atteindre. Elle voulait cette rupture depuis le début.

Le portrait que brossait son frère d'Élodie ne correspondait pas à l'image qu'il avait de cette jeune femme. Il avait l'impression que tous deux parlaient d'une personne différente. La jeune Élodie qu'il connaissait avait parfois un tempérament fougueux, mais cette façade cachait un être sensible qui semblait attacher beaucoup plus d'importance à son prochain qu'à elle-même.

Deux personnes différentes…

Cette idée se mit à le tarauder… Pourquoi n'y avait-il pas songé avant ? La réponse lui paraissait limpide désormais. Et s'il s'agissait réellement de deux personnes différentes ? Se pouvait-il que la jeune femme qu'il avait failli embrasser dans la bibliothèque, qu'il avait convaincue de le suivre dans une cachette durant deux jours, ne soit pas la vraie Élodie Campbell ?

Fort de cette conviction, il sortit son téléphone de sa poche et, sans prêter attention aux jérémiades de son frère, se mit à parcourir les communiqués de presse traitant de l'annulation du mariage d'Élodie. Ses recherches demeurèrent infructueuses jusqu'à ce qu'il s'intéresse à Lincoln Lancaster. En tapant son nom, quelques articles apparurent à l'écran, l'un d'eux accompagné d'une photo. L'image représentait trois demoiselles d'honneur devant une église. L'une d'entre elles tournait la tête, mais Mack reconnut aussitôt le profil de celle qui se faisait passer pour Élodie Campbell. Il s'agissait de sa sœur jumelle…

— Tu m'écoutes ? insista Fraser. Je te demande de parler à Sabine. Dis-lui qu'elle est en train de commettre une grave erreur.

Mack rangea son téléphone portable, déterminé à garder sa découverte secrète pendant encore quelque temps. Il voulait savoir pourquoi les deux sœurs avaient échangé leurs identités. Comprendre leurs motivations. Voir jusqu'où l'usurpatrice était prête à aller sans se dévoiler.

— Je partage hélas l'avis de Sabine. Ce serait une terrible erreur de sa part de t'épouser.

— Comment peux-tu dire une chose pareille ? Je l'aime.

— C'est faux. Tu aimais ce qu'elle t'apportait. Elle te vénérait, avait convaincu son père de t'embaucher, flattait ton ego. Si tu l'avais vraiment aimée, tu ne l'aurais pas trahie.

— C'est la faute d'Élodie Campbell. Je ne me serais pas intéressé à elle si…

— Je suis las de t'entendre rejeter la faute sur d'autres personnes quand tu te comportes comme un imbécile, coupa Mack. Je ne peux rien faire pour toi, Fraser. Sors-toi de ce bourbier tout seul pour une fois.

Mack prenait conscience pour la première fois de l'erreur qu'il avait commise en veillant constamment sur son frère, en s'évertuant à le sortir d'une multitude de mauvais pas.

La crainte de le voir emprunter le chemin de leur père l'habiterait toujours, mais il ne pouvait guère consacrer sa vie à veiller sur lui.

L'annulation de ce mariage représentait un véritable avertissement pour Fraser. Si Mack intervenait, son frère ne mesurerait pas pleinement les conséquences de ses actes. Il était grand temps qu'il grandisse et assume ses responsabilités. De son côté, Mack avait du pain sur la planche : il devait lui aussi démêler une situation des plus étranges.

Tandis que Mack se chargeait du transfert de ses propres bagages dans la voiture, Elizabeth en profita pour appeler sa sœur.

— Élodie ? Tu ne devineras jamais ce qui s'est passé.

— Tu tombes bien, j'allais t'appeler. J'ai appris la nouvelle sur les réseaux sociaux. Quoi que tu décides, ne dis rien à la presse. Bon sang, je n'avais vraiment pas besoin de ça en ce moment.

— Et moi, je ne compte pas ? protesta Elizabeth. Je continue à me faire passer pour toi. Combien de temps penses-tu que j'y arrive ?

— Tu peux rentrer à la maison puisque le mariage est annulé. Mais il faudra te faire discrète, moi aussi d'ailleurs.

— Il se trouve que… Mack McDiarmid insiste pour m'emmener ailleurs durant deux jours.

Il y eut un court silence.

— Tu as accepté ? fit Élodie, étonnée.

— Tu me presses tout le temps pour que je me montre un peu plus aventureuse. Eh bien, pour la première fois, je vais suivre ton conseil.

— En te faisant toujours passer pour moi, n'est-ce pas ?

— Oui. Il me paraît difficile de lui dire la vérité maintenant.

Elizabeth se demandait d'ailleurs comment elle pourrait un jour avouer à Mack sa réelle identité. Pas après avoir proféré tous ces mensonges. Non… Elle partirait avec lui et profiterait de cette aventure inédite pour vivre quelques heures exaltantes avant de reprendre le cours normal de son existence.

— En effet, admit sa jumelle. Mais c'est un peu… délicat.

Elizabeth s'étonna de cette remarque.

— Délicat ? Dans quel sens ?

— Et si la presse vous voit ensemble ? Et qu'on te prenne pour moi ?

— Quoi ? C'est toi qui as insisté pour que j'assiste à ta place à un mariage mondain. Tu t'en souviens ? Des dizaines de photos ont été prises ce week-end et…

— Je sais, coupa Élodie, mais si tu as une aventure avec Mack McDiarmid…

Ce fut au tour d'Elizabeth d'interrompre sa sœur.

— Il n'en est pas question ! Il veut seulement me tenir à l'écart de la presse pendant quelque temps.

— Avoue tout de même que la tentation est là.

Élodie avait toujours su lire en elle à livre ouvert, alors elle ne chercha pas à nier l'évidence.

— C'est un homme très séduisant et tu me dis tout le temps de sortir davantage. J'ai enfin l'occasion de vivre un peu, alors je compte bien en profiter.

— Il ne faut pas qu'on me voie batifoler avec Mack McDiarmid, insista Élodie. Surtout pas en ce moment.

— Mais qui te verra ? Enfin, *me* verra ?

— N'importe quelle personne munie d'un téléphone portable. Les médias dépensent des sommes faramineuses pour obtenir ce genre de clichés qui, une fois publiés, deviennent viraux. Cela pourrait se révéler compromettant pour moi.

— À cause de tes partenaires financiers ?

— Oui… mais pas seulement.

— Que veux-tu dire ?

— Laisse tomber. Promets-moi de faire profil bas. Et quoi qu'il arrive, ne dévoile pas ta véritable identité à Mack. Il risquerait de t'en vouloir d'avoir abusé de lui.

En effet, même si Mack ne semblait pas manquer d'humour, il n'aimerait pas apprendre la supercherie, laquelle avait, qui plus est, mis un terme au mariage de son frère.

— Ne t'en fais pas. Je ne lui dirai rien.

Quelques minutes plus tard, Mack aidait Elizabeth à prendre place à bord d'un 4x4 rutilant, puis s'engageait sur une route qui, au lieu de quitter le château, s'enfonçait plus profondément dans les terres.

Elle jeta un regard affolé sur son hôte.

— Où allons-nous ? Y a-t-il une sortie de l'autre côté du domaine ?

— Pas vraiment, non, sauf à escalader les Highlands à pied. Nous nous rendons dans une vieille chaumière située en haut d'une colline. Nous nous y cacherons jusqu'à ce que la presse ait quitté les lieux. Personne ne nous trouvera là-bas.

— Oh… une vieille chaumière, voilà qui me paraît plutôt rustique.

— En effet. Ne pas séjourner dans un hôtel de luxe vous rebute-t-il ?

— Non, ce sera plutôt comme remonter le temps.

Sans compter qu'Elizabeth allait devoir sortir de sa zone de confort. Elle n'arrivait pas à croire qu'elle allait séjourner dans un endroit retiré avec Mack. Chassant le malaise qui s'était emparé d'elle, elle décida de détourner la conversation sur un autre sujet.

— Avez-vous parlé à votre frère ? Comment vit-il la situation ?

Mack laissa échapper un long soupir, puis elle le vit manœuvrer pour éviter un énorme trou dans le chemin caillouteux. Elle n'arrivait pas à détacher le regard de ces mains puissantes arrimées au volant tandis qu'il négociait un passage délicat. Des mains qui devaient être aussi expertes sur le corps d'une femme…

— Il vous tient pour responsable de tout.

Elizabeth se mordilla la lèvre inférieure avant d'oser demander :

— Et vous ? Êtes-vous du même avis ?

— Pas du tout.

Elle le dévisagea, mais il affichait une expression impénétrable.

— L'annulation du mariage ne vous rend-elle pas furieux ? Son organisation a dû coûter une fortune et…

— L'argent n'est pas le problème. Il se trouve qu'après réflexion je me suis rangé à votre avis. Fraser n'est pas la personne qui convient à Sabine. Ni à personne d'autre d'ailleurs. Du moins, tant qu'il n'aura pas fait un gros travail sur lui-même.

Il passa une vitesse, et l'engin se mit à tanguer tandis qu'il contournait un amoncellement de pierres.

— Et il ne progressera pas tant que je serai là pour réparer les pots cassés, ajouta-t-il une fois l'obstacle franchi.

— Je suis sûre que vous avez toujours agi pour le mieux à l'égard de votre frère.

Mack lui jeta un regard en coin.

— Vous êtes trop généreuse ! En réalité, j'ai commis beaucoup d'erreurs avec Fraser.

Elle vit les jointures de ses doigts blanchir sur le volant et sa mâchoire se crisper.

— Je me demande souvent si Fraser aurait évolué différemment si notre père n'était pas mort de cette manière.

Dans un élan de compassion, Elizabeth posa une main sur sa cuisse.

— Vous êtes un merveilleux frère aîné, Mack. C'est l'évidence même. Vous étiez très jeune aussi à la mort de votre père. Et vous avez perdu votre mère peu de temps après. Parfois, ce ne sont pas les circonstances qui influent sur le développement des individus. Ce sont plutôt les individus qui ne gèrent pas bien les événements. Je pense que la personnalité joue un rôle plus important qu'on ne le croit.

Mack posa une main sur la sienne et la pressa doucement, lui envoyant des frissons dans tout le corps.

— Vous ne ressemblez pas du tout au portrait que l'on fait de vous dans la presse. Je m'attendais plutôt à une diva pourrie gâtée.

Elizabeth retira vivement sa main.

— J'ai… je me suis construit volontairement une certaine image, bredouilla-t-elle, l'image d'une personne publique. Dans le privé, je suis différente.

Elle se rappelait une conversation avec sa sœur, quand celle-ci cherchait des qualificatifs susceptibles de décrire la marque qu'elle voulait lancer sur le marché. Les maîtres mots étaient

« impertinente », « sexy », « sophistiquée », des qualités qui correspondaient à sa jumelle, pas à elle.

— Je m'en suis rendu compte, dit Mack avec un sourire énigmatique.

Une fois de plus, le trouble s'empara d'Elizabeth. Elle osa un regard dans la direction de Mack, mais son expression demeurait indéchiffrable. Il y avait toutefois une certaine brillance dans ses yeux.

Le chemin tortueux qu'ils empruntaient aboutit soudain à un torrent, mais Mack ne ralentit pas son allure.

— Agrippez-vous ! lui conseilla-t-il tandis qu'il effectuait la traversée du cours d'eau.

Retenant sa respiration, Elizabeth agrippa les rebords de son siège pour ne pas trop tanguer.

— Le but est que personne ne nous suive, n'est-ce pas ? marmonna-t-elle.

Il lui adressa un sourire amusé.

— C'est l'idée, en effet.

Quelques minutes plus tard, Mack se garait en haut d'une colline devant une vieille masure qui offrait un panorama grandiose sur toute la vallée.

Impressionnée par ce décor, Elizabeth descendit prestement de voiture pour admirer le paysage. S'enivrant de l'air frais ambiant, elle suivit des yeux le vol majestueux d'un aigle puis la course d'un cerf en contrebas.

— Seigneur ! Quel magnifique endroit ! s'exclama-t-elle. C'est ici que vous devriez vivre !

Mack se positionna près d'elle et, lorsqu'il posa un bras sur ses épaules, elle sentit des ondes de chaleur la traverser. Le sentir si proche d'elle lui faisait battre le cœur à un rythme effréné.

Prenant l'accent écossais, Mack se mit à réciter quelques vers :

« Mon cœur est dans les Highlands, mon cœur n'est pas ici ;

Mon cœur est dans les Highlands à la poursuite du cerf ;

Mon cœur est dans les Highlands partout où je vais. »

Elizabeth tourna la tête de son côté pour lui adresser un grand sourire.

— Ce sont des vers de Robert Burns… Quel grand poète !

Mais secrètement, d'autres vers de ce célèbre auteur lui vinrent à l'esprit :

« Ah, si quelque puissance nous accordait le don
De nous voir tels que les autres nous voient !
Cela nous libérerait de bien des bévues
Et de bien des idées sottes. »

Mack lui rendit son sourire.

— Je suis ravi que vous aimiez cet endroit.

— Comment pourrait-il en être autrement ? Je n'ai jamais séjourné dans un endroit aussi beau.

Regrettant soudain ces propos, Elizabeth se mordit la lèvre inférieure. Pendant un court instant, elle avait oublié le rôle qu'elle était censée jouer. Sa sœur jumelle avait parcouru le monde entier. Des photos d'elle la représentant dans des décors somptueux circulaient sur Internet. Mack allait-il relever l'erreur qu'elle venait de commettre ?

Elle sentit la main masculine glisser le long de son bras pour se positionner sur sa hanche. Tout près d'elle, il lui souffla à l'oreille :

— Dans le cadre de votre travail, vous avez connu de nombreux endroits exotiques, n'est-ce pas ? Ce coin d'Écosse n'a rien d'exceptionnel.

Mack la dévisageait avec intensité et elle se sentit pâlir sous son examen.

— Nous sommes… dans le genre d'endroits que je préfère, bredouilla-t-elle. C'est si calme, si hors du temps. Comme si ce lieu n'avait pas changé au fil des siècles. Ne trouvez-vous pas cela étonnant ?

Mack lui fit face et prit son visage en coupe pour plonger son regard dans le sien.

— Ce qui m'étonne le plus, c'est d'avoir résisté aussi longtemps à l'envie de vous embrasser. M'y autorisez-vous ?

Elizabeth eut une légère hésitation, mais la tentation était trop grande…

— Non… Enfin, oui, je veux que vous m'embrassiez.

Les lèvres de Mack se posèrent sur les siennes dans un effleurement délicat, puis, dans un commun élan, ils échangèrent un long baiser sensuel tandis que leurs corps se pressaient l'un contre l'autre.

— Je rêve de ce moment depuis notre toute première rencontre, souffla-t-il contre ses lèvres.

— Pourquoi avoir attendu aussi longtemps ?

Il ébaucha un sourire.

— J'en avais terriblement envie dans la bibliothèque.

Se laissant aller tout contre le corps masculin pour en savourer la chaleur, elle demanda :

— Qu'est-ce qui vous a arrêté ?

Mack releva sensiblement la tête et effleura sa bouche d'un geste rêveur.

— Je voulais d'abord mieux vous connaître.

Vous ne me connaissez pas du tout !

Elizabeth brûlait d'envie de lui avouer sa véritable identité. Il s'imaginait en présence d'Élodie, et ce mensonge lui pesait. Mais lui révéler la supercherie comportait trop de risques. Le scandale prendrait des proportions inouïes. Sabine se sentirait d'autant plus trahie.

— À quel point pensez-vous me connaître ? murmura-t-elle dans un souffle.

— Assez bien pour savoir que nous ressentons l'un et l'autre le même désir.

Elizabeth réprima un frisson de plaisir et arrima son regard au sien.

— Je n'ai jamais ressenti autant de désir pour quelqu'un…

— Moi non plus. Qu'allons-nous faire à ce sujet ?

— Nous embrasser encore… et voir où cela nous mène.

— Excellente idée !

Leurs lèvres se joignirent à nouveau en un baiser passionné, plus langoureux encore que le précédent. Elizabeth sentait son cœur battre la chamade. Quand les mains masculines resserrèrent leur étreinte et qu'elle sentit le sexe de Mack pressé contre son ventre, elle fut parcourue de frissons exaltants. L'érotisme de la scène la rendait folle de désir.

— Rentrons, proposa Mack d'une voix rauque quand leur baiser prit fin. Je veux que notre première fois se déroule à l'abri des moustiques.

« Notre première fois. »

Ma première fois...

— Vous avez raison..., souffla Elizabeth en détournant les yeux.

Mack lui souleva le menton.

— Quelque chose ne va pas ?

Comment pouvait-elle lui avouer qu'elle était vierge sans révéler sa véritable identité ? Si elle lui disait la vérité, il risquait de mettre un terme à leur torride projet. Or elle ne voulait pas saboter ce moment unique. Mack avait éveillé en elle des sensations vertigineuses, et son désir pour lui avait atteint des sommets prodigieux.

— Non, tout va bien. C'est juste que... je ne suis pas sortie avec un homme depuis un moment.

— Pas depuis votre aventure d'un soir avec mon frère ?

— Euh... pourrions-nous éviter de parler de cela ?

— Bien sûr. Ne soyez pas nerveuse. Je ne ressemble pas du tout à mon frère.

Pas plus que je ne ressemble à ma sœur.

— Je... je ne suis pas nerveuse...

Il effleura ses lèvres d'un baiser, aussi léger qu'une plume, puis souffla contre sa bouche :

— Je ne vous presserai pas. Nous allons d'abord nous installer, puis prendre un verre. La journée a été éprouvante.

Elizabeth ne savait guère comment qualifier ce qu'elle ressentait : était-ce du soulagement ou de la déception ?

— En effet, admit-elle à contrecœur.

Bâtie de plain-pied, la chaumière en pierres offrait un espace plus vaste qu'elle ne l'aurait imaginé. Il y régnait une atmosphère chaleureuse et hors du temps, comme à l'extérieur. La bâtisse avait bénéficié d'une rénovation de bon goût. Une grande cheminée occupait tout un mur de la pièce de vie. À son grand soulagement, Elizabeth constata que le logement était pourvu de deux chambres. L'une dotée d'un grand lit et l'autre, d'un sofa.

— Venez-vous souvent ici ? demanda-t-elle.

Mack déposa son bagage dans la chambre principale, puis répondit :

— Aussi souvent que possible quand je suis chez moi. C'est un endroit propice à la réflexion. J'ai commencé à y séjourner après le décès de mon père. Comme la plupart des dépendances sur le domaine, la chaumière était en piteux état, mais au fil du temps je l'ai rénovée.

Ne sachant trop comment se comporter, Elizabeth prit place au bord du lit et croisa les mains sur ses genoux.

— Vous portiez son nom, n'est-ce pas ? Sabine me l'a appris quand nous nous sommes préparées ensemble. Mais personne ne vous appelle Robert.

— En effet. Enfant, on me surnommait Robbie, mais à l'adolescence, on s'est mis à m'appeler Mack. Après la mort de mon père, tout le monde a cru que je prendrais son nom, mais ça ne m'a jamais tenté. Je préfère Mack.

— Vous vouliez garder vos distances avec lui ?

Il lui jeta un regard grave.

— Non, c'était plutôt son choix puisqu'il a opté pour le suicide.

Elizabeth garda un moment le silence, pensive. Elle se demandait comment Mack avait surmonté la mort tragique de son père et comment il en avait assumé les conséquences. En sa qualité de fils aîné, une lourde charge avait sans doute pesé sur ses épaules.

— Peut-être a-t-il considéré qu'il n'avait pas d'autre choix, dit-elle. Parfois, les difficultés paraissent insurmontables. Les gens rêvent de trouver la lumière au bout du tunnel, mais la vie ne suit pas un axe rectiligne, elle ressemble plutôt à un chemin escarpé et sinueux. On ne voit pas au-delà des virages et on ne peut qu'espérer que de bonnes choses nous y attendent. Et si ce n'est pas le cas, on peut sombrer.

Mack hocha gravement la tête, puis exhala un long soupir.

— Il m'a menti si souvent... D'une manière si flagrante que cela m'obsède depuis toujours. Je n'arrive pas à comprendre pourquoi faire preuve d'honnêteté lui était impossible. Il a détruit tant de vies, celle de ma mère, celle de sa maîtresse et de leur enfant. Sans oublier Fraser. Une question m'obsède : mon frère aurait-il commis autant d'excès si mon père avait opté pour le divorce et non pour le suicide ? Il aurait pu vivre son aventure extraconjugale en toute liberté, ma mère aurait fini par l'accepter. Ce sont toutes ces années de mensonges qui ont causé le plus de dégâts. Mais il a choisi la mort, sans songer aux conséquences.

Il secoua la tête d'un air triste, les yeux remplis de chagrin.

— Maman ne s'en est jamais remise. Je me demande souvent si mon père y a songé avant de commettre l'irréparable. Ma seule consolation est que ce ne sont ni Fraser ni Daisy, notre demi-sœur, qui l'ont trouvé.

Elizabeth luttait contre le sentiment de culpabilité qui l'étreignait. Elle aussi vivait dans le mensonge. Comment pourrait-elle lui dire un jour la vérité ? Les mensonges avaient détruit sa famille jusqu'au drame final. Il en assumait encore les conséquences, en essayant de garder son frère dans le droit chemin. Il avait perdu ses deux parents en l'espace de quelques années seulement, mais il avait tenu bon, mis tout en œuvre pour empêcher que le domaine de ses ancêtres soit vendu. Mais à quel prix ? Elle devinait qu'il accumulait les conquêtes et refusait de s'engager. Ses capacités d'empathie lui faisaient entrevoir la façon dont Mack gérait ses relations : en ne laissant personne l'atteindre. Il ne tombait certainement jamais amoureux et devait même s'en croire incapable.

— Oh ! Mack..., lâcha Elizabeth, compatissante, en quittant

le lit sur lequel elle était assise pour venir le rejoindre. Je suis vraiment désolée que vous ayez traversé de telles épreuves. Mais j'admire le courage dont vous avez fait preuve pour les surmonter.

Mack posa une main sur sa joue.

— Vous gâchez vos talents en posant pour de la lingerie féminine. Vous feriez une merveilleuse conseillère.

Elizabeth détourna les yeux et recula d'un pas pour échapper à son regard troublant.

— Oh… on apprend beaucoup, vous savez, lors des défilés… N'était-il pas question de prendre un verre ?

— Je vais ramener les provisions qui se trouvent dans la voiture. Mettez-vous à l'aise.

Une fois seule dans la chaumière, Elizabeth poussa un long soupir. Comment pourrait-elle se sentir à l'aise en endossant l'identité d'une autre personne ? Elle avait envie de vivre cette aventure avec Mack sous la sienne propre, pas sous celle de sa sœur.

Comment lui avouer qu'elle lui mentait depuis leur toute première rencontre ?

6.

Une fois à l'extérieur, Mack huma longuement l'air frais des Highlands. Il se sentait rasséréné, plus calme qu'il ne l'avait jamais été. Se confier à Elizabeth avait allégé le poids qu'il portait sur les épaules, la douleur sourde qui l'habitait en permanence. Mais, de son côté, sa jeune invitée n'avait pas jugé bon de lui avouer sa véritable identité. Combien de temps pensait-elle réussir à la lui cacher ? Les efforts qu'elle déployait pour endosser le rôle de sa sœur l'amusaient, mais il aurait aimé qu'elle fasse preuve de franchise, à présent qu'ils étaient seuls. Plus elle s'enferrerait dans le mensonge, plus le rôle qu'elle jouait lui pèserait. Ne s'en rendait-elle pas compte ?

Il trouvait admirable de sa part de respecter la promesse qu'elle avait sans doute faite à sa sœur. Se pouvait-il que d'autres motivations l'animent ? Curieusement, il avait du mal à imaginer qu'elle puisse faire preuve de cynisme ou qu'elle poursuive des buts peu louables.

Chargé des provisions préparées par la gouvernante, il réintégra la chaumière. Elizabeth avait pris place sur le petit canapé qui faisait face à la cheminée. Les jambes repliées sous elle, elle avait troqué ses vêtements contre une tenue décontractée, et ses cheveux détachés tombaient souplement sur ses épaules. Mack ne se rappelait pas avoir rencontré de femme aussi attirante ou plus désirable. Quand elle l'entendit avancer dans la pièce, elle déplia ses jambes avec la grâce d'une ballerine et se leva du canapé.

— Avez-vous besoin d'aide ?

— J'ai l'habitude de me débrouiller seul, lui répondit-il en vidant le contenu des paniers sur le comptoir de la cuisine.

— Oui, j'imagine que vous êtes un habitué des escapades romantiques.

— En réalité, je ne suis jamais venu ici avec quelqu'un d'autre que vous, répliqua-t-il en rangeant une bouteille de champagne dans le réfrigérateur.

Il la vit écarquiller les yeux.

— Vraiment ? Pourquoi ? Je veux dire… pourquoi moi ?

Excellente question.

Pouvait-il lui avouer qu'elle était la première femme qu'il avait envie d'inviter dans son sanctuaire privé ? La seule capable d'apprécier ce lieu autant que lui ? Sa beauté brute, son environnement isolé et sauvage, le seul havre de paix qu'il connaisse.

— C'est l'endroit idéal pour vous tenir à l'écart de la presse, préféra-t-il répondre. Seules quelques personnes connaissent l'existence de cette chaumière.

Une légère rougeur envahit les joues d'Elizabeth.

— Je devrais me sentir honorée…

Il vit son regard se voiler.

— Qu'y a-t-il ? demanda-t-il d'un ton inquiet.

— Rien, répondit-elle vivement, peut-être un peu trop.

Il contourna le comptoir de la cuisine pour la rejoindre et prit ses mains entre les siennes.

— Souhaitez-vous me dire quelque chose ?

— Euh… Je tiens à vous remercier de m'avoir conduite ici… Je suis heureuse d'échapper à la presse. Une confrontation avec les médias… m'aurait stressée.

— Vous avez pourtant l'habitude des photographes, non ?

Les yeux rivés sur leurs mains jointes, elle murmura :

— Oui, mais là, c'est différent… Nous sommes ici ensemble…

Il prit son menton entre ses doigts pour l'obliger à le regarder.

— Et alors ? Où est le problème ?

Elle s'humecta les lèvres avant de répondre :

— Je ne ressemble pas au portrait que la presse fait de moi. Il faut que vous le sachiez avant que… nous allions plus loin.

— C'est ce qui me plaît en vous, répliqua-t-il en déposant un baiser sur ses lèvres.

Elizabeth laissa échapper un soupir avant de se blottir dans ses bras. Mack l'enlaça étroitement, savourant la chaleur de ce corps aux formes parfaites. Des formes qu'il brûlait de découvrir, de pétrir, de caresser.

Il l'embrassa alors avec passion. Se hissant sur la pointe des pieds, Elizabeth enroula les bras autour de son cou et se lova contre lui. Quand une main vint presser son sein, elle eut un léger gémissement.

— Oui… caresse-moi, souffla-t-elle d'une voix rauque en recourant pour la première fois au tutoiement.

Le signal était clair : elle brûlait de désir de s'offrir à lui. D'un geste adroit, il dénuda le sein qu'il caressait et se mit à le pétrir. Parcourue de frissons, Elizabeth gémissait doucement, le pressait de continuer.

— Je te désire depuis notre toute première rencontre, murmura-t-il entre deux baisers.

— Depuis si longtemps ?

Il lui sourit.

— Tu as l'air surprise ?

— Je le suis.

Il plongea une main dans sa chevelure.

— Tu dois pourtant avoir l'habitude de susciter la convoitise des hommes.

Une légère étincelle traversa son regard, semblable à une ondulation sur une étendue d'eau calme. Puis elle baissa les yeux.

— Mack ?

— Oui ? demanda-t-il en lui relevant le menton.

Elle avala sa salive, puis se dégagea de ses bras. Après avoir rajusté sa tenue, elle déclara :

— Il faut que je te dise quelque chose… à mon sujet, une chose que tu ne vas pas aimer du tout.

— Je t'écoute.

Elle se mordilla la lèvre inférieure, puis se décida à poursuivre :

— Je te mens depuis notre première rencontre.

— Je sais.

— Pardon ?

Sa stupéfaction lui arracha un sourire.

— Je me demandais combien de temps cela durerait.

— De quoi parles-tu ?

— De cette comédie.

— Cette… comédie ?

Mack la rejoignit et posa les mains sur ses bras.

— Pauvre petite ingénue ! Tu n'as aucun point commun avec ta sœur jumelle, à part le physique.

Une succession d'émotions parcourut le visage d'Elizabeth : le choc, la surprise, le désarroi et même la colère.

— Comment l'as-tu appris ? Depuis quand le sais-tu ?

— J'avais des soupçons lors de ton arrivée à Crannochbrae, mais je l'ai su de manière certaine un peu plus tôt aujourd'hui.

Elizabeth échappa à nouveau à son étreinte et serra les bras autour de son corps.

— Quelqu'un d'autre est au courant ?

— Non.

Elle se mit à arpenter la pièce de long en large.

— Personne ne doit savoir, et encore moins Sabine. Elle a assez souffert.

Elle cessa ses va-et-vient et leva les yeux au ciel.

— Bon sang ! Comment ai-je pu me croire capable de cette supercherie ? Je savais que je serais percée à jour.

— Tu as dupé tout le monde.

— Sauf toi.

Il la rejoignit à nouveau et posa une main sur son épaule.

— C'est moi qui ai passé le plus de temps avec toi. Tu m'attirais comme un aimant. Tu m'intriguais avec ce tempérament fougueux et timide à la fois. Tout ce qu'on m'avait rapporté à ton sujet ne cadrait pas avec ce que je voyais de toi, mais c'est en effectuant des recherches sur Internet que j'ai découvert la vérité. Il suffisait de rassembler les pièces du puzzle.

— Qu'as-tu appris ? J'avais demandé à Élodie de ne pas révéler mon existence à la presse. Contrairement à elle, je n'ai jamais cherché la célébrité. Je déteste me retrouver au centre de l'attention. Tout comme je déteste qu'on nous compare. Je ne lui arrive pas à la cheville… Pendant des années, j'ai craint qu'on me prenne pour elle dans la rue et qu'on me pourchasse. Je porte des tenues simples, ne me maquille pas et fais profil bas. J'ai accepté d'endosser son identité… pour m'amuser un peu, pour rompre avec mon quotidien. Et je voulais vraiment aider Élodie.

— Sur Internet, j'ai trouvé un article qui parlait du mariage avorté de Lincoln Lancaster. Une photo de toi y figurait et ton nom apparaissait avec celui des autres demoiselles d'honneur. Ce qui m'ennuie, c'est de ne pas avoir deviné ton identité plus tôt.

— C'était mieux ainsi… Le scandale aurait pris des proportions inouïes si tu m'avais démasquée.

Mack prit ses mains et plongea son regard dans le sien.

— Pourquoi as-tu fait cela ?

Elizabeth laissa échapper un léger soupir.

— Élodie devait se rendre à un rendez-vous de la plus haute importance. Elle m'a suppliée de la remplacer au mariage, mais elle ne m'a jamais parlé de son aventure d'un soir avec ton frère. J'ai reçu un choc terrible quand il s'est approché de moi et m'a dit ces choses horribles.

— Je suis désolé qu'il se soit aussi mal comporté.

— Ce n'est pas grave. Et pour te dire la vérité, je suis plutôt fière de la manière dont j'ai géré la situation. Je voulais remettre Fraser à sa place, mais sans blesser Sabine. Je sais que tu tenais à ce mariage, le maintenir aurait toutefois constitué une grave erreur.

— Tu avais raison, dit Mack avec un soupir. Fraser n'est pas encore assez mature pour s'unir à quelqu'un.

— J'avais une autre motivation pour endosser l'identité de ma sœur, poursuivit courageusement Elizabeth. À cause de mon allergie, ma mère passe son temps à me surprotéger de peur que j'ingère une cacahuète. Je vis seule depuis un mois seulement alors que j'ai vingt-huit ans. Si je regarde mon téléphone, je suis sûre d'y trouver une cinquantaine d'appels manqués ou de messages provenant de ma mère. Je l'éteins le plus souvent possible pour ne pas devenir folle. La dernière fois que j'ai voulu passer un week-end ailleurs, elle est venue me rejoindre. La voir se démener pour veiller sur moi me porte sur les nerfs. En prenant la place d'Élodie, j'ai l'impression de vivre vraiment, de connaître des expériences inédites.

— Lesquelles par exemple ?

Elle fixa un court instant sa bouche au dessin viril.

— La seule fois où on m'a embrassée remonte à mes dix-huit ans, et j'ai fini à l'hôpital à cause d'un choc allergique.

Mack mit un moment avant de réaliser la portée de ce message.

— Tu veux dire que… personne ne t'a embrassée depuis ce temps-là ?

Elizabeth ébaucha une petite grimace.

— Je sais… pathétique, n'est-ce pas ?

Mack lui agrippa à nouveau les deux bras.

— Ce n'est pas pathétique… Cela me surprend énormément d'être la première personne à…

Il s'interrompit, puis secoua la tête tandis qu'une autre pensée traversait son esprit. Elizabeth était totalement inexpérimentée. Pas un seul baiser depuis une dizaine d'années. Par cet aveu, elle touchait une corde sensible en lui. Il se sentait honoré par la confiance qu'elle lui témoignait.

— Cela veut-il dire que tu es…

— Vierge ? prononça-t-elle à sa place. Absolument. Voilà qui est encore plus pathétique.

Mack la relâcha pour se passer une main dans les cheveux. Il avait affaire à une jeune fille vierge qui n'avait été embrassée qu'une seule fois dans sa vie avant lui. Comment imaginer une aventure avec elle dans ces conditions ? Il couchait d'ordinaire avec des femmes expérimentées. Dépuceler une jeune femme innocente ne figurait pas parmi ses plans.

— Non, ce n'est pas pathétique du tout. Mais cela change tout entre nous.

Il désigna la pièce d'un grand geste de la main, puis poursuivit :

— Nous passerons la nuit ici, parce qu'il fera bientôt trop sombre pour regagner le château, mais nous ne dormirons pas ensemble.

— Je vois…, dit Elizabeth d'une voix à peine audible qui trahissait sa déception.

La même que celle ressentie par Mack à cet instant précis.

— Pourquoi ? osa-t-elle toutefois demander.

— Bon sang, Elizabeth ! Tu es vierge et moi un foutu playboy, voilà pourquoi !

Elle soutint courageusement son regard.

— Je ne vois pas en quoi cela constitue un problème. Au contraire, c'est plutôt une bonne chose… pour moi. Tu sais comment t'y prendre et tu pourras m'aider.

Mack secoua à nouveau la tête.

— Cela ne se produira pas. Je ne suis pas la bonne personne pour toi.

— Je ne demande aucun engagement, Mack. Je veux seulement connaître ma première expérience sexuelle avec un homme que je désire. Cela ne se produira qu'une fois, si tu le souhaites. J'aimerais perdre ma virginité dans les bras d'un homme qui me traitera avec respect. Je t'en crois capable.

Mack étouffa un juron.

— Je ne veux plus en entendre parler, déclara-t-il en reculant vers la table sur laquelle reposaient les provisions. Nous allons boire un verre, dîner léger, puis nous coucher. Séparément.

— Mais il n'y a qu'un grand lit.

— Je dormirai sur le sofa, dit-il à contrecœur.

L'idée de passer la nuit loin d'Elizabeth le frustrait profondément, d'autant plus que son corps bouillait de désir pour elle. Mais son inexpérience rendait la situation impossible. Il lui faudrait faire preuve de courage et d'abnégation pour ne pas laisser ses sens prendre le dessus sur la raison.

— Ce sera très inconfortable pour toi, insista-t-elle. Je suis moins grande que toi. C'est moi qui occuperai le sofa.

— Non, tu auras le lit. Un point c'est tout.

— Mais…

— Pas de « mais », objecta-t-il avec fermeté.

— Très bien, comme tu voudras, répliqua Elizabeth en tournant les talons.

Mack la suivit du regard tandis qu'elle s'éloignait, puis poussa un long soupir. Il ouvrit machinalement le frigo et avisa la bouteille de champagne qu'il y avait rangée un peu plus tôt. Il ébaucha une grimace. Il n'avait plus aucune envie de célébrer quoi que ce soit.

7.

Elizabeth contemplait son reflet dans le miroir de la salle de bains tout en maudissant l'excès de franchise dont elle avait fait preuve ce soir auprès de Mack. Mais comment aurait-elle pu coucher avec lui sans lui avouer qui elle était vraiment ? La supercherie devait s'arrêter. Jamais elle n'aurait pu s'offrir à Mack sans qu'il sache la vérité. Hélas, à présent qu'il connaissait son identité, il avait refusé d'aller plus loin. Était-ce parce qu'elle ne représentait rien à ses yeux, contrairement à Élodie ?

Sans doute. Comment aurait-il pu en être autrement alors que sa jumelle la surpassait en tout. À une époque, elle avait tenté de se comparer à sa sœur pour identifier des domaines où elle aurait pu se montrer plus talentueuse. En vain. Et pas seulement à cause de cette maudite allergie qui lui avait rendu toute vie sociale impossible, mais parce qu'elle manquait cruellement de confiance en elle, d'assurance, d'enthousiasme et d'envie d'aventure.

Qu'allait-il se passer maintenant ? Elle se sentait honteuse, frustrée et terriblement seule. Les baisers de Mack avaient éveillé en elle des sensations prodigieuses dont elle ignorait jusque-là l'existence. D'un doigt, elle effleura ses lèvres et ferma les yeux, puis laissa retomber sa main tandis que son cœur se serrait douloureusement. Comment parviendrait-elle à trouver le sommeil alors que l'homme de ses pensées se trouverait tout près d'elle, allongé sur un sofa ?

Après s'être rafraîchie, Elizabeth quitta la salle de bains pour rejoindre la salle principale de la chaumière, désertée par Mack, sans doute pour lui offrir un peu d'intimité. Contrairement au château, cette bâtisse constituée de petites pièces chaleureuses offrait le cadre idéal pour un séjour en amoureux.

En amoureux...

Quelle idée saugrenue ! songea-t-elle soudain en secouant la tête. L'amour n'entrait pas en ligne de compte. Ce qui les avait animés, Mack et elle, n'était que le fruit du désir, d'un besoin charnel, dépourvu de sentiments. Pour la première fois de sa vie, ses sens s'étaient emballés au contact d'un homme ; tout simplement parce que Mack était fascinant.

Qui n'aurait pas ressenti le même type d'élan à son égard ? Il était dynamique, ambitieux, doté d'une éthique irréprochable, soucieux de se comporter dignement. Raison pour laquelle il refusait d'ailleurs de coucher avec elle. Craignait-il qu'Elizabeth voie dans cette aventure plus qu'il n'était permis ? S'attendait-il à ce qu'elle s'éprenne instantanément de lui et lui complique la vie ? Elle avait beau manquer d'expérience, elle n'était pas sotte. Une seule nuit d'amour n'allait pas la rendre dépendante de lui. C'était simplement l'occasion pour elle de perdre sa virginité dans les bras d'un homme qu'elle appréciait et respectait tout comme il la respectait. Alors, pourquoi cette retenue ?

Elizabeth prit place sur le canapé et entoura un coussin de ses bras tout en réfléchissant. Certes, autant l'admettre : elle n'était pas du genre à papillonner d'une relation à l'autre. Depuis longtemps, elle rêvait de trouver l'homme auprès de qui elle aimerait vivre. Puis, au fil des années, elle avait compris qu'un tel bonheur lui serait impossible. Qui voudrait d'une compagne souffrant d'une défaillance de son système immunitaire ? Comment pourrait-elle envisager de mettre un enfant au monde si le risque de transmettre sa maladie était avéré ? La situation deviendrait vite intolérable pour le couple. Et les inquiétudes de la mère d'Elizabeth redoubleraient d'intensité. Pour éviter d'accumuler les déceptions, mieux valait ne pas convoiter ce que le commun des mortels tenait pour acquis.

De son côté, Mack n'était pas du genre à se ranger. Comme il le lui avait avoué, il avait une réputation de play-boy. Célibataire endurci, il passait d'une maîtresse à l'autre sans états d'âme. Pas question pour lui de s'engager avec qui que ce soit.

Soudain, la porte de la chaumière s'ouvrit dans son dos, livrant passage à Mack, les bras chargés de bûches de bois.

— Je crains qu'une tempête se prépare, lui dit-il en s'agenouillant devant la cheminée.

Délaissant le coussin qu'elle serrait contre elle, Elizabeth quitta le canapé pour se poster à la fenêtre. Des nuages noirs amoncelés à l'horizon se dirigeaient dans leur direction. Réprimant un frisson, elle dit :

— Voilà qui ne présage rien de bon.

Surpris par le ton angoissé d'Elizabeth, Mack se tourna vers elle.

— Tu n'aimes pas les orages ?

Elle ébaucha une grimace et serra ses bras autour d'elle.

— Pas vraiment, non.

Mack replaça la grille devant la cheminée, s'essuya les mains sur son jean, puis se redressa.

— Cette chaumière a essuyé pas mal de tempêtes. Tu es en sécurité ici.

— Et si j'avais envie de ne pas l'être, justement ? rétorqua-t-elle en plongeant son regard dans le sien.

Depuis qu'elle avait endossé l'identité de sa sœur, il lui semblait avoir gagné en assurance. Sortir de sa zone de confort ne l'effrayait plus. Elle avait envie de saisir l'occasion unique qui lui était offerte d'être seule avec Mack. Une occasion qui ne se représenterait jamais plus. Pourquoi ne pas faire preuve d'audace et d'arrogance pour une fois ?

Mack se passa une main dans les cheveux.

— Elizabeth, nous avons déjà eu cette conversation.

— Non, Mack. Dans une conversation, chacun des protagonistes exprime ses opinions, prend en compte ce que l'autre lui dit.

Elle se rapprocha avant d'ajouter :

— Tu m'as dit ce que tu voulais sans écouter vraiment ce que moi je voulais.

— Que veux-tu ?

Elle franchit un pas de plus et posa les mains sur son torse.

— Je pense que tu le sais très bien et que tu partages ce que je ressens pour toi.

Incapable de résister à l'attirance que la jeune femme exerçait sur lui, il posa les mains sur ses hanches et l'attira contre lui.

— Tu n'es pas du genre à apprécier les aventures d'un soir, or c'est tout ce que je peux t'offrir.

Elizabeth passa les bras autour de son cou et leva la tête pour frôler ses lèvres.

— Et si c'était tout le contraire ?

— En es-tu certaine ? Tu risques de le regretter demain matin.

Se lovant contre lui, elle déclara :

— Non, je ne regretterai rien. Je veux faire l'amour avec toi. Pendant toutes ces années, j'ai ignoré les besoins de mon corps, comme si j'avais passé mon temps à dormir avant de te rencontrer. J'éprouve des sensations vertigineuses dans tes bras et je n'ai pas envie de rompre le charme de cet instant magique.

Mack prit son visage en coupe tout en la sondant de son regard intense.

— Comment résister à une telle invitation ? Tu me mets au supplice.

Elle lui sourit.

— À qui le dis-tu ? Depuis que je t'ai rencontré, c'est moi qui suis au supplice !

Il étouffa un juron, puis happa goulûment ses lèvres. Un long baiser passionné les réunit. Le corps d'Elizabeth se pressait contre le sien. Plus rien ne semblait exister pour elle, excepté l'élan prodigieux qui la propulsait dans cette étreinte. Serrée contre lui, elle lui communiquait la chaleur intense qui l'irradiait.

— J'adore la douceur et le parfum de ta peau, murmura-t-il d'une voix rauque quand leur baiser prit fin. Tu me rends fou.

— Moi, ce sont tes lèvres qui me rendent folle.

Ils s'embrassèrent à nouveau, puis Mack souleva Elizabeth dans ses bras pour l'emporter dans la chambre.

Quand il l'eut reposée à terre, il demanda :

— Es-tu vraiment sûre de toi ? Il n'est pas trop tard pour changer d'avis.

— Pas question de changer d'avis. Je te désire et je crois que tu me désires aussi.

Il eut un sourire crispé et agrippa ses hanches à nouveau.

— Impossible de te le cacher.

Sur ces mots, il chercha ses lèvres, les effleura avec douceur, puis approfondit son baiser. Sa langue jouait avec la sienne, décuplant le désir fou qui l'habitait.

De son côté, Elizabeth ressentait une exaltation inouïe, un emballement des sens comme jamais elle n'en avait éprouvé auparavant. Une chaleur torride courait dans ses membres.

Quand Mack entreprit de lui ôter ses vêtements, doucement, elle savoura l'instant. Il embrassait son corps à mesure qu'il le dénudait, lui arrachant des frissons délicieux. Quand elle fut intégralement nue, il la contempla avec ravissement.

— À ton tour, maintenant, dit-elle d'une voix mal assurée.

Mais quand elle posa les mains sur les boutons de sa chemise, elle fut prise de tremblements.

— Seigneur ! pesta-t-elle. Au cinéma, cela paraît si facile…

Mack laissa échapper un petit rire puis entreprit de l'aider. Une fois débarrassé de sa chemise, il demanda :

— Penses-tu pouvoir te débrouiller avec le reste ?

Elle avala sa salive et posa les mains sur la ceinture de son pantalon.

— Je vais essayer…

D'un geste un peu plus assuré, elle parvint à dégrafer le pantalon de Mack et à le faire glisser jusqu'au sol. Mais l'idée de retirer le caleçon sous lequel elle devinait le renflement de son sexe la rendit soudain fébrile.

Conscient de son trouble, Mack ne manqua pas de la rassurer.

— Ne sois pas nerveuse. Nous prendrons tout notre temps.

— Je te veux tellement…

— Moi aussi.

Après avoir retiré son caleçon, Mack prit Elizabeth dans ses bras.

— Tu es magnifique, souffla-t-il en l'embrassant dans le cou.

Puis les lèvres masculines effleurèrent son épaule, ses seins aux pointes douloureuses. Une chaleur intense l'irradia quand une main s'aventura entre ses cuisses.

— Oui…, gémit-elle en écartant légèrement les jambes pour s'offrir aux caresses expertes de celui qui allait devenir son amant.

Folle de désir, elle laissa sa main descendre jusqu'au sexe de Mack, qu'elle prit entre ses doigts. Son geste fut accueilli par un léger râle qui la ravit. Quand elle se mit à le caresser, il exhala un soupir de satisfaction.

— Tu te débrouilles bien…

— Tu me désires vraiment ?

— Comme tu peux le constater, impossible de te le cacher.

D'un geste souple, il la souleva pour la déposer sur le lit, où il la rejoignit après s'être muni d'un préservatif.

Elizabeth ressentit un léger pincement au cœur en le regardant se protéger. Combien de fois avait-il accompli ce geste ? Puis elle se raisonna. Mack ne lui avait pas caché son passé de séducteur ni son désir de ne pas s'engager. Quelle importance, après tout ? Pour l'heure, il se trouvait dans un lit avec elle, c'était la seule chose qui comptait.

— Es-tu toujours sûre de toi ? lui demanda-t-il en s'allongeant près d'elle.

— Oui, je veux faire l'amour avec toi. Tu as mon consentement total.

— C'est important pour moi de te l'entendre dire.

— Je sais, c'est pourquoi tu es la personne idéale pour ma toute première fois.

Il ébaucha une petite grimace puis déposa un léger baiser sur ses lèvres.

— Je ne voudrais pas que tu accordes trop d'importance à ce que nous allons partager.

Elle lui décocha un petit coup de poing sur le bras.

— Arrête de voir en moi une jeune ingénue en quête du prince charmant. Je ne veux pas d'engagement moi non plus.

J'ai les pieds sur terre – enfin, pas en ce moment étant donné que je suis allongée sur un lit à côté de toi – et ne vais pas te prier de m'épouser. Après les mariages avortés de ma sœur et de Sabine, je n'ai pas très envie de connaître le même genre d'expérience.

Il eut un sourire avant de l'embrasser.

— Très bien, murmura-t-il contre ses lèvres, les règles sont donc très claires. Rien ne m'empêchera de faire ceci…

Il déposa un baiser dans son cou.

— Ni ceci…

Ses lèvres se posèrent sur un téton.

— Ou encore ceci.

Une main brûlante se glissa entre ses cuisses.

Tendue comme un arc, Elizabeth laissa échapper un petit cri quand la bouche de Mack se posa sur son sexe. La langue masculine allait et venait dans son intimité, lui arrachant des gémissements, jusqu'à ce qu'elle se sente propulsée dans un tourbillon de sensations vertigineuses. Après avoir tressailli plusieurs fois, son corps trouva l'apaisement entre les bras de Mack.

Quand son souffle se fut apaisé, elle croisa son regard de braise.

— C'était fabuleux…

— Ce n'était qu'un début.

— J'ai hâte de connaître la suite.

À ce signal, Mack lui écarta les cuisses pour venir se positionner sur elle. Spontanément, elle enroula ses jambes autour de son bassin et souleva le sien pour sentir son sexe tout contre elle. Il la pénétra alors avec une douceur exquise, guettant le moindre signe d'inconfort, mais elle n'en manifesta aucun.

— Tout va bien ?

— Oui… Je ne ressens que du plaisir… C'est fantastique.

— Oui, pour moi aussi.

Il l'embrassa avec sensualité puis se mit à aller et venir en elle, lentement. Quand elle réclama un rythme plus soutenu, il accéléra la cadence, et leurs corps se mirent à onduler avec frénésie jusqu'à l'extase ultime qui les cueillit en plein vol. Des spasmes de plaisir les plaquèrent l'un contre l'autre et ils étouffèrent leurs cris dans un baiser passionné. Essoufflés, ils se laissèrent retomber sur le lit dans les bras l'un de l'autre.

Elizabeth venait de vivre une expérience prodigieuse, inouïe. Jamais elle n'aurait imaginé que le sexe puisse procurer autant de plaisir. Elle, qui ignorait tout de l'amour physique, venait d'en découvrir l'existence. Pas de doute, elle garderait un souvenir ardent de cette aventure palpitante.

Une aventure parmi d'autres pour Mack, songea-t-elle soudain avec regret. Quel bonheur ce serait s'il décidait de prolonger cette aventure au-delà d'une nuit ou deux. Elizabeth s'efforça de chasser cette idée de son esprit. En vain. Comment imaginer la fin après autant de bonheur entre les bras de cet homme fascinant ?

8.

Appuyé sur un coude, Mack contemplait le visage ravissant de celle qui venait de lui offrir une expérience inouïe, fabuleuse, qui le comblait bien au-delà de ses espérances. Elle le regardait avec des yeux brillants, lumineux. Leurs corps enlacés semblaient moulés l'un à l'autre. Il existait entre eux une alchimie incroyable, comme il n'en avait jamais connu auparavant. Une sonnette d'alarme retentit soudain dans son cerveau. Il ne devait pas voir dans ces étreintes autre chose qu'une expérience mémorable. Il ne voulait pas de relation durable, ne faisait jamais de promesses, n'avait rien à offrir.

Quand elle leva la main vers lui et lui caressa le visage, il tressaillit pourtant de plaisir.

— Merci, dit-elle dans un souffle à peine audible.

Mack lui agrippa la main et déposa un baiser sur chacun de ses doigts.

— C'est moi qui devrais te remercier.

Il ressentait beaucoup de fierté à l'idée d'être le premier amant de cette jeune femme fascinante. Mais pourquoi cette rencontre avait-elle une saveur aussi exaltante ?

— Me remercier pour quoi ? s'enquit-elle, étonnée.

— Pour avoir voulu que je sois ton premier amant.

Elle rougit légèrement et battit des cils.

— Je suis heureuse d'avoir perdu ma virginité entre tes bras. Je n'imagine pas faire l'amour avec quelqu'un d'autre.

De nouveau, la sonnette d'alarme…

Mack ressentait la même chose. Il n'imaginait pas possible de connaître autant de plaisir dans les bras d'une autre, une fusion aussi totale. Le corps d'Elizabeth lui était apparu comme une prolongation du sien. Ils avaient formé un tandem parfait et connu l'extase la plus absolue. À tel point qu'il peinait à s'en remettre.

Il baissa la tête pour déposer un doux baiser sur ses lèvres, puis se releva et quitta le lit à contrecœur.

Mille questions se pressaient dans son esprit. Quel risque courrait-il à prolonger l'aventure avec cette jeune femme qui l'attirait comme un aimant depuis leur toute première rencontre ? Cela équivaudrait-il à franchir la ligne rouge qu'il s'était imposée depuis toujours ?

Il la désirait.

Elle le désirait.

Qu'y avait-il de plus important à cet instant précis ?

Après s'être débarrassé du préservatif et rafraîchi le visage, il retourna auprès d'Elizabeth. Allongée de tout son long, elle offrait un spectacle ravissant dont il ne se lassait pas. Il se colla contre elle et attira son visage vers le sien.

— Je devrais te proposer un peu de nourriture, mais je n'ai qu'une envie : t'embrasser encore et encore.

— Je n'ai pas faim de nourriture, répliqua-t-elle en déposant un baiser sur ses lèvres. J'ai faim de toi.

— Elizabeth…, dit-il avant de s'interrompre.

Il prit une profonde inspiration, s'interrogeant sur ce qu'il désirait lui dire. Contrairement à ses habitudes, il ne voulait pas se contenter d'une aventure d'un soir avec Elizabeth. La passion qu'ils avaient partagée appartenait à une catégorie spéciale. Mais que pouvait-il offrir sans compromettre les règles qu'il s'était imposées ? Il ne voulait pas s'engager dans une relation à long terme. Mais il avait envie d'explorer la myriade de sensations fabuleuses que tous deux avaient connues en s'offrant l'un à l'autre.

Consciente du trouble qui s'était emparé de Mack, Elizabeth se redressa sur le lit et couvrit sa nudité à l'aide du drap.

— Le moment est-il venu pour toi de me rappeler que seules

les aventures éphémères t'intéressent ? De me signifier que ce que nous avons partagé ne se reproduira plus ?

Le silence se fit entre eux, comme si la chaumière retenait son souffle. Même le vent, auparavant violent, semblait s'être calmé.

Mack s'assit près d'elle et lui prit la main.

— Regarde-moi.

— Je sais ce que tu vas me dire..., souffla-t-elle d'un ton résigné.

— Non, justement. Je ne pense pas que tu le saches.

— Ah ? Et que vas-tu me dire alors ?

Il lui caressa la joue.

— Je ne veux pas d'une aventure d'un soir avec toi. J'aimerais que tu m'accompagnes ailleurs pendant quelques jours. Je possède une villa dans le Sud de la France – nous pourrions y passer ensemble de courtes vacances. À notre retour, la presse aura oublié l'annulation du mariage de Fraser et chacun de nous pourra reprendre le cours de son existence.

De vives émotions traversèrent le regard d'Elizabeth, jusqu'à ce qu'elle demande :

— Tu es sûr de vouloir cela ?

— Je ne te ferais pas cette proposition si je n'étais pas sûr de moi.

Un sourire se dessina sur ses lèvres.

— Je serais ravie de t'accompagner.

— Nous ferons nos bagages demain matin. D'ici là, j'ai d'autres projets.

— Ah oui ? Lesquels ?

— Devine.

Et il posa ses lèvres sur les siennes.

Quand elle se réveilla à l'aube, Elizabeth sentit le corps de Mack collé à son dos, un bras enroulé autour de sa poitrine. Des heures s'étaient écoulées depuis leurs dernières étreintes passionnées, mais des frissons délicieux continuaient de la parcourir.

Soudain, elle l'entendit soupirer et l'attirer encore plus près de lui.

— Comment se fait-il que tu sois réveillée à cette heure-ci ?

Elizabeth se retourna pour lui faire face et se lova entre ses bras.

— Je pourrais te poser la même question.

Il roula sur elle et plongea son regard dans le sien.

— Il est trop tôt pour que je te refasse l'amour. Tout cela est très nouveau pour toi.

— Je ne suis pas en sucre, tu sais ! Je suis prête à tout avec toi.

Un doute l'assaillit soudain. Était-elle vraiment prête à tout accepter ? Même d'avoir le cœur brisé ?

Elle devait exclure les sentiments de cette aventure. D'autres savaient le faire. Sa jumelle en était capable. Pourquoi pas elle ?

Mack dessina le contour de ses lèvres avec un doigt.

— Je ne veux pas te faire de mal.

Apparemment, il faisait allusion à autre chose qu'une blessure physique.

— Je suis une grande fille, Mack. Je sais prendre soin de moi, me préserver.

— Du moment que les règles sont claires entre nous…

Elle posa une main sur son ventre, effleurant son sexe dressé.

— C'est toi qui as besoin de règles, pas moi.

— Il devrait y en avoir une t'empêchant d'être aussi sexy dès le matin.

Les doigts d'Elizabeth s'enroulèrent autour de son sexe.

— Je suis sûre que tu parviendrais à me résister, si tu le voulais vraiment. Peut-être pas maintenant, mais…

— Certainement pas maintenant, coupa-t-il avant de happer les lèvres féminines qui s'offraient à lui.

Il était très tard le lendemain après-midi quand ils gagnèrent la villa de Mack située dans le charmant village médiéval de Lagrasse dans les Corbières, en Occitanie. L'immense bâtisse en pierre surplombait une rivière, l'Orbieu, et offrait une vue imprenable sur l'abbaye autour de laquelle était construit le village.

Mack ouvrit la portière du côté passager et aida Elizabeth à sortir de la voiture.

— Alors, qu'en penses-tu ?

Elle jeta un regard circulaire, admirative du décor qui l'entourait. L'air doux de cette fin d'après-midi lui caressait le visage, des senteurs florales exquises lui chatouillaient les narines.

— C'est magnifique, Mack ! J'ignorais l'existence de ce village avant que tu m'y conduises. J'ai l'impression de remonter le temps.

Il enroula un bras autour de sa taille.

— Ce village figure parmi les plus beaux du Sud de la France, et ses vignobles sont réputés.

— Qui a parlé de vin ? demanda-t-elle d'un ton taquin.

— Serais-je en train de te corrompre ?

Elle lui adressa un sourire lumineux.

— Oui, mais j'apprécie chaque seconde de ce périple avec toi. Depuis quand possèdes-tu cette villa ?

— Environ deux ans, répondit-il après avoir déverrouillé la porte d'entrée et désactivé l'alarme. Une femme de ménage et un jardinier s'occupent de l'entretien des lieux en mon absence. Malheureusement, je ne séjourne pas ici aussi souvent que je le voudrais.

Elizabeth franchit le seuil de la maison et ouvrit de grands yeux étonnés. Décorée avec goût, la villa comptait de nombreuses boiseries peintes en blanc et gris. Une grande quiétude émanait de ce lieu au style moins ostentatoire que le domaine écossais de Mack.

— Combien de séjours fais-tu dans l'année ?

— Trois ou quatre, de très courte durée, hélas. J'ai trop de travail pour m'accorder plus de loisirs.

— Tu l'aimes ? Je veux dire… ton travail ?

— Pas toujours, répliqua-t-il d'un air sombre. J'ai hérité de nombreuses dettes à la mort de mon père. Je n'ai pas eu d'autre choix que de mettre mes ambitions professionnelles de côté pour faire ce qui devait l'être. Il m'a fallu beaucoup de temps pour redresser la situation et éviter la faillite. Et de nombreuses personnes comptent sur moi. Parmi elles, Fraser, puisque le métier de ses rêves lui a été retiré.

Elizabeth posa une main sur son bras.

— Je suis désolée pour tous les tracas que tu traverses. Tu t'es tant dévoué à ta famille.

Il laissa échapper un léger soupir.

— Ça va. Je suis assez heureux.

L'était-il réellement ? Les possessions et tout l'argent dont il disposait lui apportaient-ils ce dont il avait réellement besoin ? Mack lui donnait l'impression d'être un homme très seul, qui se tenait à l'écart des autres. Il entretenait de brèves relations. Son seul engagement, il le mettait dans sa carrière. Une carrière qu'il n'avait pas choisie, mais dont il avait hérité dans des circonstances tragiques.

— Qu'aurais-tu aimé faire ? demanda-t-elle. Comme carrière ?

— Rien qui ne m'aurait apporté autant d'argent, dit-il avec un sourire, éludant la question. Viens, je vais te faire visiter les lieux, je m'occuperai de nos bagages plus tard.

Elizabeth en déduisit que parler de ses envies, de tout ce à quoi il avait dû renoncer le rendait mal à l'aise. Remettre l'entreprise familiale sur des rails, assainir les finances, devait l'avoir occupé à plein temps. Mais à quel coût ?

Après lui avoir fait découvrir la maison, Mack partit récupérer leurs bagages et elle put se promener à sa guise au gré des différents étages. Elle avait envie d'explorer les moindres recoins de cette bâtisse magnifique et aussi le jardin qui l'entourait. Une porte située au fond de la cuisine donnait sur une cour pavée cerclée de pots de lavande et d'herbes aromatiques. Un régal pour les abeilles et les oiseaux qui s'égaillaient autour.

Pas étonnant que Mack adore séjourner dans ce lieu propice

au calme et à la sérénité. Prenant une profonde inspiration, elle ferma les yeux et sourit, ravie de vivre une telle expérience.

Un bruit de pas la fit se retourner et elle vit Mack avancer vers elle dans la cour, chargé d'une bouteille de champagne et de deux verres.

— Tu sais vraiment toucher le cœur d'une fille ! lança-t-elle avant de s'en mordre la langue.

Elle venait de commettre une bévue en évoquant le cœur, alors que Mack ne souhaitait d'engagement d'aucune sorte. Il se contentait de brèves aventures dénuées de sentiments. Autant qu'elle l'accepte. Elle n'avait pas d'autre choix.

Heureusement, Mack ne semblait pas avoir relevé sa dernière remarque.

— En France, je me comporte comme un Français ! répliqua-t-il avec un sourire.

Sur ces mots, il fit sauter le bouchon du champagne, remplit deux coupes et en tendit une à Elizabeth.

— À ta santé !

Ils trinquèrent sans se quitter des yeux.

— À quoi penses-tu ? demanda Mack.

— Reprendre le cours ennuyeux de ma vie risque d'être difficile après tout ceci, répondit Elizabeth avec un léger soupir.

Mack fronça les sourcils.

— Pourquoi ta vie te semble-t-elle ennuyeuse ?

— Parce qu'elle l'est ! Je travaille, je mange, je dors. Seule.

— Tu as tout de même des amis, non ?

— Oui, mais pas vraiment de vie sociale.

— À cause de tes allergies ?

— Pas seulement, non. Ma sœur est très sociable, pas moi. Je me sens bien, seule. Du moment que j'ai un bon livre à lire, je suis contente.

Mack vint se poster près d'elle et prit son menton entre ses doigts pour l'obliger à le regarder.

— As-tu toujours vécu dans l'ombre d'Élodie ?

— La plupart du temps, oui. Elle est beaucoup plus extravertie que moi. Je ne peux pas lutter, alors je n'essaie même pas. Elle est tout ce que je ne suis pas.

— Tu es toi ! Inutile de changer quoi que ce soit.

Sur ces mots, il posa ses lèvres sur les siennes, éveillant en elle à nouveau mille sensations troublantes. Quand leur baiser prit fin, Mack demanda :

— Avez-vous déjà pris la place l'une de l'autre par le passé ?

— De temps en temps, quand nous étions petites, répondit Elizabeth avec un sourire. Jamais nous n'avons réussi à tromper notre mère, notre père en revanche n'y voyait que du feu. Même à l'époque où il vivait avec nous.

— Tes parents ne sont plus ensemble ?

— Non, nous avions cinq ans au moment de leur divorce. Mon père menait une double vie avec une autre femme dont il avait eu deux enfants : un garçon et une fille. Aucun des deux ne souffrait d'allergies, à son grand soulagement.

Le froncement de sourcils de Mack réapparut.

— Tu crois que tes allergies ont pu conduire au divorce de tes parents ?

Elizabeth se mordit la lèvre inférieure. Elle regrettait de s'être épanchée. Chose qu'elle ne faisait jamais, sauf auprès de sa sœur.

— Elles y ont contribué, c'est certain. J'ai failli perdre la vie au moins trois fois à cette époque-là. Mon père ne sait pas gérer le stress.

— S'il n'avait pas la maturité nécessaire pour s'occuper d'un enfant malade, ce n'était pas de ta faute.

— Je sais, mais ça ne devait pas être facile. Ma mère était une vraie guerrière. Mais mes soucis de santé ont mis ses nerfs à rude épreuve. Elle passait l'essentiel de son temps à s'occuper de moi. J'ai parfois le sentiment de lui avoir gâché la vie.

Mack posa les mains sur ses épaules.

— Ne dis pas cela. Je suis sûr qu'elle n'en pense pas un mot.

Elizabeth se lova tout contre lui.

— Il faut que tu arrêtes de me faire boire du champagne.

— Pourquoi ?

— Parce que je te dis des choses que je n'ai jamais dites à personne.

— Et alors ? Où est le problème ?

Elle leva la tête et sourit.

— Parce que nous sommes des étrangers. Voilà pourquoi.

Il enroula une mèche de ses cheveux autour de ses doigts.

— Je ne te considère pas comme une étrangère, murmura-t-il d'une voix douce. Et si ça peut te rassurer, je t'ai dévoilé des choses que je n'avais partagées avec personne.

Elizabeth planta son regard dans le sien.

— Vraiment ?

— Oui. Tu produis un drôle d'effet sur moi, Elizabeth Campbell.

Elle enroula ses bras autour de son cou.

— Et donc ? Que comptes-tu faire ?

— Ceci.

Et il l'embrassa avec passion.

Mack ne se lassait pas de savourer les lèvres douces d'Elizabeth. La chaleur de son corps l'électrisait, mettait ses sens en ébullition. À tel point qu'il se sentait fiévreux, empli d'un désir insatiable.

— J'ai envie de toi, souffla-t-il contre ses lèvres.

— Moi aussi.

D'un geste souple, il la souleva dans ses bras et prit la direction de la maison.

— Que fais-tu ? protesta-t-elle.

— J'aime te porter dans mes bras.

— Je peux marcher !

— Je le sais, mais fais-moi plaisir. Je n'ai jamais gravi trois étages avec une femme dans mes bras. Ce sera un excellent exercice.

Elizabeth éclata de rire et s'accrocha au cou de son compagnon.

— Tu es fou ! Et complètement maso !

Mack était fou d'elle, en effet. Aucune femme ne l'avait

autant attiré par le passé. D'où cette envie de l'emporter avec lui en France. De passer plus de temps avec elle, d'explorer l'étrange alchimie qui les réunissait.

Était-ce parce qu'elle lui avait offert sa virginité ? En tout cas, cette expérience inédite le troublait et il souhaitait la renouveler encore et encore.

Avec elle.

Seulement avec elle.

9.

Tandis que Mack la transportait jusqu'à la chambre, Elizabeth avait pleinement conscience de l'urgence qui les habitait. Une atmosphère électrique les accompagnait, une chaleur intense se propageait dans leurs corps serrés l'un contre l'autre.

Une fois arrivés à destination, ils se défirent de leurs vêtements et s'étreignirent sur le lit. Un long baiser sensuel les réunit.

— J'ai envie de toi, murmura Mack contre ses lèvres. Envie de t'embrasser partout.

— Tu pourras le faire si tu m'y autorises aussi. Marché conclu ?

Elizabeth s'étonnait d'avoir remisé aussi aisément sa pudeur. Cet homme fascinant avait su la libérer de ses complexes et lui avait révélé le plaisir des sens. Aujourd'hui, elle se sentait vivante. Alors qu'elle croyait autrefois être condamnée à évoluer dans l'ombre de sa sœur, à ne jamais connaître de relation amoureuse, elle savait aujourd'hui, grâce à Mack, que le bonheur lui était accessible. Elle s'était métamorphosée en une femme consciente de ses besoins. Besoins qu'elle laisserait désormais s'exprimer.

Mack déposa un baiser dans le creux de sa main.

— Je ne veux pas te mettre de pression ni t'obliger à faire des choses que tu ne souhaites pas.

— Je me sens en confiance avec toi, tout à fait à l'aise. Je veux te donner autant de plaisir que tu m'en donnes.

— C'est déjà le cas.

De nouveau, leurs lèvres se joignirent. Elizabeth laissait courir ses doigts sur le dos musclé de son amant, savourant la texture soyeuse de sa peau, la chaleur de son souffle et la force avec laquelle il l'étreignait.

Roulant sur le dos, Mack l'enlaça étroitement, et elle se retrouva à califourchon sur lui. Ses longs cheveux lui caressaient le torse. Posant les mains sur ses hanches, il arrima son regard au sien.

— Je pourrais rester là à te contempler des heures durant.

Elizabeth se pencha pour déposer un doux baiser sur ses lèvres.

— J'adore te regarder moi aussi, mais peut-être plus tard, parce que je ressens une certaine urgence, là, tout de suite.

Elle glissa le long de son corps jusqu'à ce que ses lèvres effleurent son sexe dressé.

— Elizabeth, tu n'es pas obligée de…

La phrase de Mack s'acheva dans un râle de plaisir quand la langue féminine se mit à titiller le bout de son sexe. Mais sentant la jouissance le gagner, Mack agrippa Elizabeth par les épaules pour que cesse la torture sensuelle qu'elle lui infligeait.

— Je veux être en toi, souffla-t-il contre ses lèvres, mais il me faut un préservatif.

Une fois protégé, il attira à nouveau Elizabeth sur lui.

— Dans cette position, tu peux gérer le rythme de nos étreintes.

S'aidant de la main, Elizabeth guida le sexe de Mack en elle. Folle de désir, elle laissa échapper un gémissement, après quoi elle se mit à onduler doucement, puis à un rythme de plus en plus effréné jusqu'à ce que, ensemble, ils connaissent la jouissance la plus absolue.

Épuisés, ils se lovèrent dans les bras l'un de l'autre. Quand Mack attira son visage près du sien pour l'embrasser, Elizabeth lui sourit. Ils échangèrent un long baiser sensuel qui la fit frissonner de plaisir. Leur entente physique parfaite la stupéfiait. Se pouvait-il qu'un sentiment plus profond les unisse ? Comment une aventure aussi forte en sensations pouvait-elle prendre fin ?

Mais peut-être se leurrait-elle. Mack multipliait les conquêtes et vivait sans doute avec chacune des moments aussi forts que celui que tous deux venaient de partager, sans pour autant souhaiter renouveler l'expérience encore et encore avec la même personne.

De son côté, Elizabeth mourait d'envie d'approfondir cette relation naissante. Sans doute à cause de son inexpérience. Il fallait qu'elle s'ôte de l'esprit toute envie de romantisme et se contente de ce que Mack voulait bien lui donner.

Quand leur baiser prit fin, il se débarrassa du préservatif puis la reprit dans ses bras. Les yeux dans le vague, comme perdu dans des pensées lointaines, il lui caressait doucement le visage.

— À quoi penses-tu ? lui demanda-t-elle.

Il cligna des yeux deux fois, puis croisa son regard interrogateur.

— À rien de particulier, dit-il. Il est grand temps de songer à manger quelque chose. As-tu faim ?

— Un peu.

Se dégageant de son étreinte, Mack quitta le lit et se rhabilla.

Elizabeth se leva à son tour.

— Je vais aller prendre une douche…

Mack la rejoignit et prit son visage entre ses mains.

— Je suis content que tu m'aies accompagné.

— Et moi, ravie que tu m'aies invitée.

Il lui sourit et déposa un doux baiser sur ses lèvres.

— Je vais nous préparer de quoi nous restaurer. Nous pourrions manger sur la terrasse.

— Volontiers.

Elizabeth se rendit dans la salle bains et se glissa sous la douche. L'esprit en tumulte, elle s'interrogeait sur la relation qu'elle entretenait avec Mack. Chaque fois qu'il l'embrassait, qu'il lui faisait l'amour, son cœur battait la chamade. Elle en voulait toujours plus. Pas comme sa sœur, qui savait se contenter d'aventures sans lendemain. Elizabeth ne possédait pas les armes nécessaires pour lutter contre les sentiments profonds qu'elle nourrissait pour Mack. L'explication venait-elle du fait qu'il était son premier amant ?

Certes, sa toute première fois demeurerait éternellement gravée dans sa mémoire. Mais elle avait l'impression que chaque fois que Mack la touchait, il laissait une marque indélébile sur sa peau. Elle n'arrivait pas à concevoir qu'un autre homme puisse la serrer dans ses bras, l'embrasser, lui faire l'amour.

Pourtant, elle allait devoir revenir à la raison, car Mack ne s'attachait à personne.

Tandis qu'il préparait leur repas, Mack revivait en boucle les moments torrides qu'il venait de partager avec Elizabeth. Par le passé, il avait accumulé les conquêtes, mais aucune ne lui avait laissé un souvenir aussi ardent. Si bien qu'à présent il ne pouvait se résoudre à vivre une aventure de courte durée avec elle. Il voulait davantage, sans pour autant s'impliquer dans une relation à long terme bien sûr. Il avait érigé une frontière à ne pas dépasser et comptait bien ne pas la franchir, même avec une personne aussi adorable qu'Elizabeth. Il voulait simplement profiter de sa présence un peu plus longtemps. Quelques jours ne suffiraient pas à assouvir son envie de la garder près de lui. Mais de là à imaginer qu'il ressentait plus que du désir pour elle…

Une pensée étrange se fraya soudain un chemin dans son esprit. Le mot « amour » n'était pas étranger à son vocabulaire. Il avait profondément aimé sa mère, son père aussi malgré ses défauts, et il aimait son frère. Il nourrissait des sentiments également pour sa demi-sœur, Daisy, dont il s'était occupé pour qu'elle bénéficie d'une bonne éducation. Il lui rendait visite ainsi qu'à sa mère aussi souvent que possible. C'était la moindre des choses après l'horrible tragédie qui avait ruiné leurs vies à toutes les deux.

Mais l'amour romantique lui était étranger et il pensait ne jamais y être confronté. Jusqu'ici, il n'avait jamais envisagé de se lier avec qui que ce soit. L'arrivée d'Elizabeth dans sa vie marquait une sorte de rupture. Avec elle, il ressentait autre chose que du désir. Un sentiment qu'il ne parvenait pas à définir. Une sorte de plénitude totalement inexpliquée. Quoi qu'il en soit, il avait besoin de temps pour explorer l'alchimie qui les réunissait et aussi pour mieux connaître Elizabeth, en veillant bien sûr à ne pas tomber amoureux d'elle.

Quand elle le rejoignit dans la cuisine, les cheveux encore humides et le visage totalement dépourvu de maquillage, il fut stupéfait de la trouver toujours aussi ravissante. Elle portait une robe sans manches, ceinturée à la taille, qui moulait ses formes à la perfection. Pieds nus, elle lui parut encore plus petite que dans son souvenir. Elle tenait un petit sac à la main, contenant probablement son traitement EpiPen et son téléphone portable. Au quotidien, ce devait être pénible de devoir prévenir toute réaction allergique sévère. Mack avait demandé à la gouvernante de vérifier l'absence de toute trace d'arachide dans le panier qu'elle leur avait préparé.

— Puis-je t'aider ? demanda-t-elle avec un sourire.

Mack survola ses lèvres d'un baiser.

— Non merci, tu risques de me distraire. Emporte plutôt le vin et nos verres sur la terrasse. Je te rejoins dans une minute.

Elizabeth enroula ses bras autour de son cou et se pressa contre lui.

— J'aime te distraire, souffla-t-elle à son oreille.

— Petite effrontée, répliqua-t-il avant de happer goulûment ses lèvres pulpeuses puis de l'enlacer étroitement.

Un long baiser passionné les réunit. Fébriles, ils échangeaient des caresses de plus en plus appuyées, à mesure que leur désir s'amplifiait. Mack savourait le contact de ce corps aux formes sublimes contre le sien, le souffle chaud qu'il percevait contre sa peau. Quand cesserait-il d'éprouver ce désir brûlant ? Il avait l'impression de se consumer entre les bras qui l'étreignaient. Elizabeth gémissait doucement sous ses caresses, son corps se cambrait contre le sien, rien d'autre ne semblait exister excepté leur passion mutuelle.

Mack devait toutefois lutter contre l'attraction qui l'aimantait à cette jeune femme, car bientôt le feu qui les habitait s'éteindrait. Il connaissait ce phénomène pour l'avoir maintes fois expérimenté auprès de ses précédentes maîtresses. Une fois ses désirs assouvis, il n'avait plus qu'une hâte, rejoindre d'autres pâturages, plus excitants. Jamais il n'avait souhaité poursuivre une relation au-delà de quelques jours, pour ne pas se compliquer la vie.

Pourtant, auprès d'Elizabeth, envisager une relation courte et superficielle lui paraissait impossible. Principalement parce qu'il n'y avait rien de vain en cette jeune femme. Douce et attentionnée, elle était intelligente et pleine d'humour, des qualités qui forçaient son admiration et son intérêt.

Au prix d'un suprême effort, il s'écarta d'elle.

— Gardons cela pour plus tard. Dînons d'abord.

— Rabat-joie ! protesta-t-elle en riant.

— File avant que je change d'avis ! lui dit-il après avoir déposé un ultime baiser sur ses lèvres.

Penchant la tête de côté, elle le scruta, les yeux dans les yeux.

— T'arrive-t-il de changer d'avis ? demanda-t-elle doucement.

Mack eut un sourire forcé.

— Rarement. Et certainement pas sous le coup de l'émotion.

— Tu ne t'y autorises pas ?

— Non.

Elle le considéra longuement d'un air songeur, puis se tourna pour attraper le plateau sur la table.

— C'est bien ce que je pensais, dit-elle d'un ton teinté de regret avant de tourner les talons et de se diriger vers l'extérieur.

10.

Elizabeth emporta le plateau sur la terrasse baignée de clair de lune. Un hibou, niché dans un arbre alentour, hululait un air mélancolique tandis que des grenouilles coassaient en chœur dans le bassin en contrebas. L'air frais embaumait le jasmin et la lavande ainsi que d'autres parfums exotiques inconnus d'Elizabeth.

Après avoir déposé le plateau sur la table en fer forgé, elle se servit un verre de vin blanc sec, l'emporta avec elle au bout de la terrasse et s'accouda à la balustrade de pierre qui donnait sur les jardins en restanque. Elle prit une gorgée de vin et la garda en bouche pour en savourer la robe délicate. Ce goût ne parvenait hélas pas à effacer la saveur incomparable des lèvres de Mack sur les siennes. Une saveur de plus en plus addictive. Comment parviendrait-elle à s'en passer une fois leur aventure terminée ? Pour l'heure, leur séparation n'était pas encore à l'ordre du jour. Tous deux avaient prévu de s'offrir quelques jours dans le Sud de la France. Que se passerait-il à leur retour au Royaume-Uni ?

— Et voilà ! annonça Mack quand il la rejoignit sur la terrasse, chargé d'un plateau garni de fromages, de pain frais et de fruits.

Il mit le couvert puis invita Elizabeth à prendre place à table.

— Sers-toi ! Nous avons mérité de nous sustenter.

Elizabeth ne se fit pas prier. Elle avait une faim de loup. Mack prit le temps de savourer un verre de vin avant de se servir à son tour.

— *Bon appétit !* lança-t-il en français tout en levant son verre.

— As-tu appris le français à l'école ? lui demanda Elizabeth.

— Pas seulement. Nous séjournions fréquemment en France pendant les vacances d'été avant la mort de mon père.

Une ombre fugitive traversa son regard, puis il poursuivit :

— C'était une époque merveilleuse. Après le décès de mon père, je me suis interrogé sur notre famille. Mon père semblait apprécier la compagnie de ma mère, tout comme elle appréciait la sienne. Il s'impliquait dans notre vie de famille autant que possible, lorsqu'il était présent. Il voyageait beaucoup pour affaires, du moins le prétendait-il.

— Qu'est-ce qui a déclenché son suicide, de ton point de vue ?

Mack reposa son verre sur la table.

— Ma mère a appris qu'il avait une maîtresse et un enfant illégitime dans une autre ville. Il menait une double vie depuis cinq ans. Les problèmes d'argent ont fini par s'accumuler et ma mère a découvert le pot aux roses.

— Quelle horreur pour ta maman ! Et aussi pour cette autre femme ! Que leur est-il arrivé à elle et son enfant ? La mort de ton père a dû les dévaster.

Mack reprit son verre et se mit à faire tournoyer le liquide ambré, la mine sombre.

— En effet, admit-il. Daisy, ma demi-sœur, en a été très affectée. Elle n'avait que quatre ans à l'époque. Ce fut un vrai déchirement de voir Clara et sa fille assister à l'enterrement. Serrées l'une contre l'autre un peu à l'écart, elles pleuraient toutes les larmes de leurs corps. Ma mère ne voulait pas de leur présence, mais j'ai insisté. Je ne suis pas sûr d'avoir eu raison de me montrer aussi inflexible. Ma mère m'en a voulu pendant des mois. Mais, à mes yeux, Daisy n'était qu'une petite fille qui venait de perdre son papa. Il fallait qu'elle parvienne à tourner la page, tout comme sa mère, Clara.

Elizabeth se pencha pour saisir la main de Mack et la serrer dans la sienne.

— C'était très attentionné de ta part d'insister pour qu'elles assistent à l'enterrement de ton père. Bien sûr, pour ta mère, Fraser et toi, ce fut sans doute très difficile, mais vous partagiez tous le même chagrin. J'admire le courage dont tu as fait preuve, car tu étais très jeune à l'époque. Comment as-tu réussi à gérer la situation ?

Mack haussa les épaules.

— Il le fallait et j'étais le seul à pouvoir assumer cette responsabilité.

Après une telle épreuve, il n'était pas étonnant que Mack ait verrouillé ses émotions. Il avait fait preuve d'une grande force de caractère.

— T'arrive-t-il de les voir ? Ta demi-sœur et sa mère ?

Un léger sourire se dessina sur les lèvres de Mack.

— Oui. Daisy étudie l'architecture à l'université. C'est une jeune fille très intelligente et je suis très fier d'elle.

— Elle n'était pas présente au mariage de Fraser ?

Le sourire de Mack s'évanouit, remplacé par un froncement de sourcils.

— Non, en effet. Mon frère n'a jamais montré le moindre intérêt pour sa demi-sœur. Il n'a jamais voulu lui faire de place dans sa vie.

— Heureusement, elle a pu compter sur toi. Tu lui as apporté un soutien sans faille pendant toutes ces années.

Elizabeth ressentait beaucoup d'admiration pour Mack. Un peu trop sans doute… Ses sentiments pour lui n'en étaient que renforcés.

— Daisy et Clara ignoraient tout de la double vie que menait mon père. Ses soi-disant occupations professionnelles lui ont permis d'entretenir ce secret pendant de nombreuses années. Des années de mensonges… Je pensais être proche de lui, mais avec le recul je me rends compte que je ne le connaissais pas.

— On ne connaît des gens que ce qu'ils veulent bien nous montrer, affirma Elizabeth. Nous avons tous un jardin secret à préserver.

Mack lui adressa un doux sourire et serra sa main dans la sienne.

— Qu'y a-t-il en toi que tu préfères garder secret ? lui demanda-t-il doucement en la dévisageant avec intensité.

Elizabeth se sentit happée par ce regard qui cherchait à sonder ses pensées les plus intimes. Il fallait à tout prix qu'elle parvienne à lui cacher l'attachement grandissant qu'elle ressentait pour lui, les sentiments profonds qui l'unissaient à lui. Selon les règles édictées par Mack, ils partageaient une aventure, rien de plus. Mais Elizabeth se sentait piégée par cette relation qui la bouleversait. Mack l'attirait comme un aimant, possédait toutes les qualités qu'elle admirait le plus chez un homme : constance, loyauté, courage, engagement envers les personnes qui comptaient le plus pour lui…

Gênée, elle retira sa main d'entre les siennes et ébaucha un sourire crispé.

— C'est plutôt ma sœur jumelle qui entretient des secrets, pas moi, dit-elle pour éviter de répondre à sa question. Je pensais être très proche d'elle, or j'ignorais qu'elle avait eu une aventure d'un soir avec ton frère. Pourtant, les liaisons sans lendemain ne sont pas du tout son genre. Il se trouve qu'elle a croisé son ex-fiancé accompagné de sa dernière conquête le soir où elle a fait la connaissance de Fraser. Je ne comprends pas pourquoi cette rencontre l'a autant affectée. C'est elle qui a rompu avec lui, pas l'inverse. Cet accès de jalousie me paraît surprenant, d'autant plus que leur rupture remonte à sept ans. Je suppose que son ex a entretenu plusieurs liaisons depuis lors.

— Crois-tu qu'elle éprouve encore des sentiments pour lui ?

Elizabeth haussa les épaules.

— Elle prétend le contraire, mais il arrive que les gens se mentent plus à eux-mêmes qu'ils ne l'imaginent, tu ne crois pas ?

— Certainement, admit Mack en s'adossant à son siège.

Le silence, bercé par le chant des grillons, se fit entre eux. Elizabeth songeait à l'intimité qu'elle partageait avec Mack. Jamais elle n'aurait imaginé se sentir aussi proche d'une autre personne que sa sœur. Comment réussirait-elle à se passer de lui, une fois leur aventure terminée ? Elle aurait aimé que cet instant se prolonge à l'infini. Mais Mack préférait se limiter à des relations brèves. La trahison de son père continuait de le hanter, d'où sa volonté de ne jamais s'engager à long terme. Il avait été témoin de la détresse de sa mère quand elle avait eu connaissance de la double vie de son mari. Un choc dont elle ne s'était jamais remise. Pas plus que Mack, qui avait découvert en son père des facettes inconnues. Un père qu'il avait perdu dans des circonstances tragiques.

Malgré ce lourd passé, Mack méritait de connaître le bonheur. Contrairement à ce qu'il pensait, rien ne le prédisposait à emprunter le chemin de son père. Elizabeth était convaincue qu'il serait un partenaire fiable, un mari aimant et un père formidable. La manière dont il s'était occupé de sa demi-sœur le prouvait.

— Mack ? demanda-t-elle doucement.

— Hmm ?

— Tu m'as dit que tu aurais sans doute poursuivi une tout autre carrière si tu n'avais pas été contraint de reprendre les affaires de ton père. Qu'aurais-tu aimé faire ?

Mack reposa son verre sur la table. Dans la pénombre, Elizabeth peinait à déchiffrer son expression. Il mit un temps infini avant de se décider à répondre.

— Je rêvais de devenir musicien professionnel.

— De quel instrument joues-tu ?

— Du piano.

— En joues-tu encore ? Je n'ai pas vu de piano à Crannochbrae. Ici non plus d'ailleurs.

Mack eut un sourire triste.

— Celui de Crannochbrae a été vendu après le décès de mon père. Je n'ai jamais envisagé de le remplacer. Et je n'ai pas joué depuis des années.

— Cela te manque-t-il ?

— Plus maintenant.

— Et avant ?

Une étincelle brilla dans son regard, une lueur teintée de regret, de tristesse.

— Devenir musicien professionnel demande du temps. Un temps dont je ne disposais pas, car il fallait que je gère les affaires familiales. Tous mes efforts se sont portés sur la préservation de notre patrimoine.

Elizabeth se demandait à quoi d'autre Mack avait renoncé pour préserver sa famille. Il avait sacrifié ses rêves et sa jeunesse pour protéger les siens et venir en aide à la maîtresse de son père et à sa demi-sœur. Il avait fait preuve d'une abnégation admirable.

Profondément émue, Elizabeth quitta son siège pour venir se poster derrière Mack et poser les mains sur ses épaules.

— Tu es une personne formidable, murmura-t-elle avec tendresse.

Touché par l'attention qu'elle lui témoignait, Mack se tourna vers elle et l'attira sur ses genoux. Longtemps, il la dévisagea, en silence, avec intensité. Il dessinait les contours de son visage avec ses doigts sans la quitter des yeux. Puis, avec une lenteur extrême, il posa ses lèvres sur les siennes.

— Je te trouve formidable, toi aussi, murmura-t-il dans un souffle quand leur baiser prit fin.

Étonnée, Elizabeth le considéra longuement. Elle ne s'attendait pas à recevoir un tel compliment. Que devait-elle en déduire ? Mack commençait-il à éprouver des sentiments pour elle ?

Chassant cette idée saugrenue, elle ébaucha un sourire.

— Que dirais-tu de faire l'amour ?

Mack planta un baiser sonore sur ses lèvres.

— Avec plaisir !

Sur ces mots, il l'emporta dans la maison.

11.

Mack perçut un léger bourdonnement en pleine nuit et, se retournant dans le lit, vit Elizabeth saisir son téléphone portable. Après avoir lu le message qui venait de lui parvenir, elle émit un long soupir et éteignit son portable.

— Qui était-ce ? demanda Mack.

La mine sombre, Elizabeth croisa son regard.

— Ma mère.

— N'a-t-elle pas conscience de l'heure qu'il est ?

Visiblement mal à l'aise, Elizabeth se mordilla la lèvre inférieure avant de dire :

— Je ne lui ai pas dit que je me trouvais en France. Elle me croit en vacances en Écosse.

Elle rajusta les oreillers et reposa sa tête en soupirant à nouveau.

— Elle m'appelle ou m'envoie des messages à longueur de journée et même la nuit. Je n'en peux plus. D'ordinaire, je coupe mon portable le soir, mais j'ai oublié quand nous nous sommes couchés.

Mack lui caressa doucement le bras.

— Elle t'aime et s'inquiète pour toi, j'imagine.

— Je sais, mais je ne suis plus une petite fille. Je peux m'occuper de moi-même.

— Si tu ignores ses messages et ses appels, elle risque de s'inquiéter encore plus. C'est ce que font les mères : s'inquiéter.

Elizabeth se tourna vers lui.

— Que devrais-je faire à ton avis ? Répondre à chacune

de ses sollicitations ? Je n'aurais plus de temps disponible pour autre chose.

Mack lui prit la main et la posa sur son torse.

— Appelle-la pour lui donner de tes nouvelles. Elle te harcèle parce qu'elle sent que tu l'évites. Si tu prends l'initiative de la contacter, cela pourrait rééquilibrer les choses. Ça vaut la peine d'essayer, en tout cas.

— Peut-être…

— Apprendre à lâcher prise est difficile pour certains parents, surtout quand les raisons de s'inquiéter se sont avérées nombreuses par le passé.

— Je sais, mais j'essaie de vivre ma vie maintenant. Ces vingt-six dernières années, ma mère a passé son temps à veiller sur moi, comme si je risquais de mourir à tout instant. J'ai besoin de découvrir qui je suis sans elle. J'ai besoin d'autonomie, mais elle refuse de m'en accorder.

Mack comprenait la terreur que devaient éprouver les parents d'un enfant atteint d'une allergie potentiellement mortelle. Il se rappelait l'angoisse de sa mère quand il avait avalé une cacahuète de travers. Il était très jeune à l'époque et n'avait gardé qu'un souvenir lointain de cet épisode. Sa mère en revanche ne l'avait jamais oublié. Chaque fois qu'elle l'évoquait, elle en tremblait de frayeur. Pourtant, cela ne s'était produit qu'une seule fois. De son côté, la mère d'Elizabeth avait souvent connu des jours d'angoisse. Des épisodes qui lui avaient fait craindre de perdre son enfant.

— J'ignore comment les parents réussissent à élever des enfants. La peur qu'il puisse leur arriver quelque chose de grave ne doit jamais les quitter.

Elizabeth leva les yeux vers lui.

— Tu n'as pas envie de devenir père un jour ?

Cette question lui avait souvent été posée, mais c'était la première fois qu'il hésitait à répondre spontanément par la négative. Il avait toujours exclu l'idée de fonder une famille. Sans doute à cause de son frère, dont il avait dû s'occuper depuis son plus jeune âge. À présent, il s'interrogeait sur ce qu'il désirait vraiment. Concevoir un enfant par amour devait apporter de grandes joies…

« L'amour »… Un mot qu'il évitait de prononcer, un concept qu'il préférait tenir à distance, car porteur de trop de malheurs. Il en avait connu les ravages et souffrait de blessures qui ne cicatriseraient jamais.

— Mack ? insista Elizabeth en le dévisageant intensément.

Il serra sa main dans la sienne.

— Pas pour le moment, non.

— Plus tard, peut-être ?

Il haussa les épaules.

— Qui sait ? L'avenir le dira. Et toi ? As-tu envie de connaître la maternité ?

Une ombre voila son regard.

— Je craindrais terriblement de transmettre mon allergie à mon bébé.

— Rien ne prouve que cela serait le cas.

— Rien ne prouve le contraire non plus, répliqua-t-elle avec un sourire triste. C'est une question de loterie.

— Une allergie aux arachides n'est pas ce qu'il y a de pire, si ?

Elizabeth eut un léger soupir.

— Avoir une sœur jumelle, peut-être…

— En quoi est-ce un handicap ?

— Ça n'en est pas un. J'adore ma sœur. Bien que nous nous ressemblions comme deux gouttes d'eau, nous avons des personnalités complètement différentes. Dans l'enfance, nous partagions peu de choses, surtout parce que maman était trop protectrice envers moi. D'une certaine façon, Élodie a été mise de côté. C'est sans doute la raison pour laquelle elle a toujours voulu être sous les projecteurs. Parce qu'elle n'a pas reçu beaucoup d'attention dans l'enfance. Mais par la suite, elle a pu faire de nombreuses choses, contrairement à moi : aller à l'école, participer à des fêtes, jouer avec des amies. Moi, j'ai fini par me renfermer, j'ai perdu confiance en moi. Je suis devenue timide et introvertie. Mon monde s'est rétréci à mesure que le sien s'épanouissait.

Mack replaça doucement une mèche rebelle derrière son oreille.

— Tu n'as aucune raison de manquer de confiance en toi. Tu es une jeune femme accomplie, très belle et terriblement sexy.

Elle ébaucha une expression sceptique.

— Rien ne dit que je me sentirais en confiance dans les bras d'un autre amant !

Surpris par cette remarque, Mack se renfrogna. Imaginer Elizabeth dans les bras d'un autre homme lui déplaisait fortement. Pourtant, il devait accepter l'évidence : s'il avait été son premier amant, il ne serait pas le dernier. À moins qu'il ne change les règles établies dans le cadre de leur relation. Des règles qu'il avait toujours imaginées immuables…

Avec un sourire forcé, il déposa un baiser sur ses lèvres.

— Rendors-toi. J'ai prévu quelque chose de spécial pour les jours à venir.

— Ah bon ? De quoi s'agit-il ?

— Tu le sauras en temps utile.

Elizabeth se lova tout contre lui.

— Je ne vais pas réussir à dormir maintenant que tu as éveillé ma curiosité.

Mack l'enveloppa dans ses bras et, une fois de plus, laissa libre cours au désir qu'elle lui inspirait. Leurs étreintes se prolongèrent jusque très tard dans la nuit.

Au cours des jours suivants, Elizabeth découvrit avec ravissement le village de Lagrasse. Ils le visitèrent de long en large, pique-niquèrent au bord de la rivière et explorèrent la région vinicole des Corbières.

La veille de leur départ, Mack lui fit visiter l'abbaye Sainte-Marie et lui en relata l'histoire.

— La construction de l'abbaye a commencé sous le règne de Charlemagne en l'an 783. Elle fut l'une des plus influentes de la région à partir du VIIIe siècle et jusqu'à la Révolution française, époque à laquelle de nombreux monastères furent détruits. Laissée à l'abandon pendant cent cinquante ans, elle bénéficia ensuite d'un programme de restauration. Et voici le résultat.

— C'est une bâtisse magnifique ! dit Elizabeth avec admiration.

Mack passa un bras autour de sa taille.

— J'espère que mon cours d'histoire ne t'ennuie pas trop ?

— Tu plaisantes, j'espère ? J'adore chaque seconde de cette visite !

Elizabeth ressentait un plaisir immense, dû en majeure partie à la présence de Mack à ses côtés. Il aurait pu lui raconter n'importe quoi, elle aurait apprécié chaque seconde en sa compagnie. C'était bien là le problème : elle aimait tout en lui. Le son de sa voix, le contact de son bras autour de sa taille, le regard qu'il portait sur elle, la manière dont il lui faisait l'amour.

En réalité, elle l'aimait, *lui*.

Cette pensée la tétanisa soudain. Comment pouvait-elle tomber amoureuse d'un homme qui ne voulait pas de relation à long terme ? D'un homme dont elle avait fait la connaissance quelques jours plus tôt seulement ? Aurait-elle laissé ce cadre romantique l'atteindre ?

Elle avança d'un pas et, comme elle trébuchait sur une pierre, Mack resserra son étreinte autour de sa taille.

— Tout va bien ? s'enquit-il.

Elle ébaucha un sourire crispé.

— Oui, j'ai un peu soif, c'est tout.

Mack l'entraîna alors vers la sortie la plus proche.

— Allons boire un verre et manger quelque chose, proposa-t-il gaiement.

Quelques minutes plus tard, ils s'installaient à une terrasse de café située en plein centre du village. De belles maisons anciennes, datant de plusieurs siècles, entouraient la place, lui conférant un charme inouï.

En attendant leur repas, Mack et Elizabeth savourèrent une boisson fraîche tout en admirant le décor qui les entourait.

— Tu te sens mieux ? demanda Mack avec un soupçon d'inquiétude.

— Oui, je vais très bien, répondit Elizabeth avec un grand sourire. J'ai beaucoup aimé cette visite. J'aurais adoré bénéficier d'un jour de plus pour voir davantage de choses.

Le silence se fit entre eux.

— Nous pourrions prolonger notre séjour, finit par dire Mack. Je peux m'absenter du travail un ou deux jours de plus. Et toi ?

Elizabeth leva les yeux vers lui.

— Tu es sûr de disposer de ce temps supplémentaire ? De mon côté, je pense pouvoir obtenir encore quelques jours de congé. N'es-tu pas inquiet pour ton frère ? As-tu reçu de ses nouvelles ?

Mack reposa son verre sur la table.

— Il m'a appelé ce matin, quand tu étais sous la douche. Le père de Sabine est revenu sur sa décision de le licencier.

— Vraiment ? Qu'en pense Sabine ? Ne risque-t-elle pas de reprocher à son père un certain manque de loyauté à son égard ?

Mack haussa les épaules.

— Le père de Sabine est plutôt intransigeant, comme la plupart des hommes d'affaires. Il ne laisse pas les émotions entraver ses décisions. Il apprécie le travail de Fraser et, visiblement, n'a pas très envie de se passer de ses services, que cela plaise ou non à Sabine.

— Peut-être espère-t-il qu'ils se remettront ensemble. Mais l'infidélité est difficile à pardonner.

— Oui, et la confiance difficile à reconstruire.

Leur nourriture leur fut servie et ils abordèrent d'autres sujets. Mais après quelques bouchées de sa salade, Elizabeth ressentit une sorte de picotement dans la bouche, suivie d'un gonflement au niveau de la gorge. Saisie d'un accès de panique, elle se mit à respirer de manière saccadée. Son cœur battait la chamade et de la sueur commençait à perler à son front.

— Vite… Il me faut mon EpiPen.

Mack se leva d'un bond pour saisir le sac d'Elizabeth et en extraire son médicament, qu'il lui tendit.

— Peux-tu le faire toute seule ou veux-tu que je m'en charge ?

— Je peux… me débrouiller…

D'une main tremblante, elle s'injecta le produit dans la cuisse, après quoi elle sentit son cœur s'emballer et un vertige s'emparer d'elle. Puis plus rien…

Une main posée sur l'épaule d'Elizabeth, Mack contacta l'hôpital de Carcassonne et demanda une ambulance. L'anxiété rendait sa voix à peine audible et il dut fournir de gros efforts pour expliquer la situation au personnel des urgences. Son cœur tambourinait dans sa poitrine et il se sentait nauséeux. Il ne pouvait pas perdre Elizabeth ! Elle ne devait pas mourir ! Il ne le supporterait pas. Saisi de panique, il peinait à respirer.

Après avoir raccroché, il prit le visage d'Elizabeth entre ses mains.

— L'ambulance arrive. Reste avec moi, tiens bon.

Seigneur, je vous en conjure, faites qu'elle s'en sorte ! pria-t-il intérieurement.

Quelques minutes plus tard, Elizabeth et Mack furent conduits en ambulance à l'hôpital de Carcassonne. Étroitement surveillée par les ambulanciers, Elizabeth reçut les premiers soins à bord du véhicule. On lui administra de l'oxygène ainsi qu'une dose supplémentaire d'épinéphrine pour éviter que son état s'aggrave durant le transport.

La sirène de l'ambulance résonnait dans la tête de Mack, qui sentait la panique le submerger à mesure que le temps passait. Et si Elizabeth ne s'en sortait pas ? Si les médecins ne parvenaient pas à la sauver ?

Extrêmement pâle, elle avait les traits figés, la respiration difficile. Mack craignait le pire. Une tension atroce l'étreignait et son cœur se serrait de douleur.

Comment supporterait-il de perdre Elizabeth ? Non, ce n'était pas possible. Inenvisageable.

Mack ne s'était jamais senti aussi désespéré qu'à cet instant précis. La situation lui rappela soudain le décès de son père.

Il n'avait jamais réussi à effacer de sa mémoire le souvenir de ce jour funeste. Les cris de sa mère, la sirène hurlante de l'ambulance arrivée trop tard. Il avait assisté, impuissant, au transport de son père sur une civière. La gorge serrée, il n'avait pas réussi à lui dire au revoir. Les circonstances tragiques de cette disparition avaient marqué un tournant drastique dans sa vie.

Mack était-il sur le point d'en connaître un nouveau, plus terrible encore ?

À cette idée, il ressentit une douleur encore plus vive dans la poitrine.

Quand enfin ils atteignirent l'hôpital, il dut se tenir à l'écart tandis que l'on transférait Elizabeth aux urgences. Puis on lui demanda de se rendre aux admissions pour communiquer toutes les informations utiles concernant Elizabeth. Ce qu'il put faire aisément, grâce à sa maîtrise de la langue française.

Quand le médecin le retrouva ensuite pour lui annoncer qu'Elizabeth était tirée d'affaire, mais que l'hôpital la garderait une nuit en observation, il ressentit un immense soulagement.

— Je veux rester près d'elle, dit-il d'une voix ferme au personnel soignant.

Je veux rester près d'elle. Je veux rester près d'elle. Je veux rester près d'elle.

Cette phrase tournait en boucle dans sa tête tandis qu'il se rendait au chevet d'Elizabeth.

Quand elle sortit de la léthargie provoquée par les drogues qu'on lui avait administrées, Elizabeth découvrit Mack assis à ses côtés. Il avait l'air hagard, les traits tirés par l'anxiété.

— Le médecin m'a dit que tu voulais rester cette nuit avec moi, mais ce n'est pas nécessaire, dit-elle d'une voix mal assurée.

— Il est hors de question que je te laisse seule ici, dit-il d'une voix ferme.

Même si elle avait eu la force de le contredire, Elizabeth aurait sans doute hésité à le faire, tant la présence de Mack à ses côtés la réconfortait. Subir un choc anaphylactique était terrifiant, a fortiori loin de chez soi, dans un pays étranger. Elle éprouvait une reconnaissance infinie à l'égard de Mack pour avoir agi avec autant de rapidité, sans paniquer, comme son père en avait l'habitude autrefois.

Reposant la tête sur l'oreiller, elle ferma les yeux, épuisée par ce qu'elle venait de vivre. Elle s'en voulait d'avoir commis une telle imprudence en ne vérifiant pas les ingrédients de la salade qu'elle avait commandée. Mais elle n'avait pas une connaissance assez pointue de la langue française, contrairement à Mack.

— Mack ? demanda-t-elle faiblement.

Il serra la main qu'il tenait entre les siennes.

— Je suis là, repose-toi maintenant.

— Je suis désolée…

— Ce n'est pas de ta faute. Le seul responsable, c'est moi. J'aurais dû commander pour toi. Je n'ai pas réfléchi.

Elizabeth voulut rétorquer mais, assommée par la fatigue, elle sombra dans le sommeil.

12.

Mack porta la main délicate d'Elizabeth à sa bouche et posa les lèvres sur ses doigts. Il se reprochait le manque de vigilance dont il avait fait preuve. Elle souffrait d'une allergie potentiellement mortelle, et la voir lutter pour parvenir à respirer l'avait ébranlé. Pas seulement ébranlé, terrifié. Que se serait-il passé si tous deux avaient séjourné loin d'un hôpital ? Ou si elle n'avait pas emporté son traitement ?

Au cours des quelques jours qui venaient de s'écouler, il avait oublié l'allergie dont souffrait Elizabeth. Sachant que leur aventure touchait à son terme, il avait passé tout son temps auprès d'elle, dans ses bras. Mais l'épisode qu'il venait de connaître l'avait passablement secoué. Et il savait désormais que leur aventure ne ressemblait à aucune des histoires qu'il avait connues par le passé. C'est pourquoi il ne pourrait pas y mettre un terme comme il le faisait autrefois.

Je veux rester près d'elle.

Il s'était rapproché d'Elizabeth d'une manière qui l'étonnait. Aucune femme avant elle n'était parvenue à l'atteindre de cette manière. Tous deux étaient proches physiquement, mais pas seulement. Un véritable lien les unissait. Une entente des plus parfaites.

Jusqu'ici, il n'avait jamais demandé à personne de vivre avec lui. Une étape de son point de vue infranchissable. Qui requérait un engagement trop profond.

Mais le choc subi plus tôt, alors qu'il craignait de perdre Elizabeth, lui avait fait comprendre qu'il tenait à elle. Qu'il avait développé, pour la première fois de sa vie, des sentiments profonds à son égard. De l'amour ? Il n'était pas prêt encore à envisager cette éventualité. Mais l'attachement qu'il éprouvait pour la jeune femme ne laissait planer aucun doute. Et il ne pouvait guère imaginer ne pas la revoir. Ils avaient prévu de prolonger leur aventure d'un ou deux jours. Pourquoi ne pas allonger ce délai ? Ainsi, ils pourraient profiter l'un de l'autre. Quelle durée pouvaient-ils envisager ? Il n'en avait aucune idée, puisqu'il s'agissait d'une situation inédite pour lui.

Quoi que tous deux décident, Mack était convaincu qu'il saurait garder le contrôle de la situation, comme il en avait l'habitude.

Fort de cette conviction, il rapprocha sa chaise du lit d'Elizabeth et se pencha pour poser une main sur son front. Elle avait le teint pâle, mais ses traits semblaient apaisés dans le sommeil, son souffle, plus régulier.

De nouveau, il sentit son cœur se serrer tandis qu'une vive émotion le traversait.

— Je ne vais nulle part, murmura-t-il à son oreille. Tu vas devoir me supporter un peu plus longtemps que prévu.

Elizabeth émergea du sommeil deux ou trois fois au cours de la nuit, quand l'infirmière de garde se présenta à son chevet pour vérifier son état. Chaque fois, son regard croisait celui de Mack, assis dans un fauteuil près d'elle.

— As-tu dormi un peu ? lui demanda-t-elle au petit matin.

— Non.

Elle contempla les traits tirés de son visage, le regard inquiet dont il l'enveloppait, les fines lignes autour de sa bouche.

— Tu as une mine affreuse.

— Merci.

— Je ne dois pas être très belle non plus.

Mack lui prit la main et déposa un baiser sur ses doigts.

— À mes yeux, tu es toujours aussi jolie, murmura-t-il avec émotion.

Elizabeth sentit son cœur se serrer.

— Merci d'être resté auprès de moi. Ma mère tient ce rôle d'habitude.

Mack fronça soudain les sourcils.

— J'aurais dû l'appeler ! Ainsi que ta sœur. Veux-tu que je le fasse maintenant ou… ?

— Non, je suis en sécurité avec toi. Inutile de les inquiéter.

— Leur diras-tu ce qui t'est arrivé une fois rentrée chez toi ?

— Peut-être.

— Je comprends la panique que ressent ta mère. Tu m'as causé une frayeur atroce. Je vais devoir garder un œil sur toi, maintenant.

— Impossible ! Cela ne fait pas partie de notre arrangement.

Les yeux rivés sur le drap qui la recouvrait, elle ajouta :

— Nous sommes censés vivre une aventure sans lendemain, rien de plus. Telles sont les règles. *Tes* règles.

Le silence se fit entre eux.

— Et si je voulais les modifier, ces règles ?

Elizabeth reporta son attention sur lui.

— Comment cela ?

Il lui serra la main très fort.

— Je ne veux pas que notre aventure s'achève tout de suite. Je veux la poursuivre encore un peu.

Elizabeth humecta ses lèvres soudain desséchées. Mack voulait que leur aventure se prolonge ?

— Combien de temps ? demanda-t-elle d'une voix mal assurée.

Il ne pouvait s'agir que d'un délai supplémentaire, rien de plus. Mack n'allait certainement pas s'engager sur le long terme. Il ne serait jamais question de mariage entre eux. À son grand regret d'ailleurs… Car à présent, elle ne doutait plus de l'amour qu'elle ressentait pour lui. Et Mack, qu'éprouvait-il à son égard ? Certainement pas de l'amour. Un certain attachement tout au plus, teinté de désir. La frayeur qu'elle lui avait occasionnée l'avait sans doute rendu plus émotif, d'où cette volonté de poursuivre leur aventure un peu plus longtemps que prévu. Souvent, des circonstances dramatiques rapprochaient les couples, mais cela ne durait pas, sauf quand un amour indéfectible réunissait ces personnes.

— Je propose d'avancer au jour le jour, de profiter l'un de l'autre comme nous l'avons fait jusqu'ici.

Elizabeth s'interrogeait sur la pertinence de cette proposition. Comment un tel arrangement pourrait-il fonctionner, alors qu'elle vivait en Angleterre et Mack, en Écosse ? Elle adorait son métier, l'appartement qu'elle louait depuis peu. Elle venait à peine de signer un bail d'un an. Comment sa mère réagirait-elle si elle quittait Londres ? À en juger par le nombre d'appels et de messages en absence, elle ne supporterait pas de voir sa fille s'installer en Écosse. D'autre part, il était peu probable qu'elle obtienne rapidement un autre poste dans une bibliothèque. À quoi Mack songeait-il ? Qu'avait-il en tête ?

— Je ne sais pas quoi te dire..., commença-t-elle. Nous vivons dans deux régions différentes. Je ne veux pas quitter mon emploi ou...

— Je ne te demande pas de le quitter, mais de demander un congé, coupa-t-il. Pour le moment, je veux que tu te rétablisses. J'aimerais que tu t'installes avec moi quelques semaines après notre retour.

— M'installer avec toi ? lâcha-t-elle, étonnée.

— Pourquoi es-tu aussi surprise ? Il me semble logique et beaucoup plus commode de cohabiter, plutôt que d'entretenir une relation à distance.

« Logique »... « Commode »... Des termes qui ne convenaient pas à Elizabeth, qui attendait un engagement d'une tout autre nature.

— Je ne me sens pas prête... à franchir ce pas. Ta proposition découle sans doute de l'épreuve que nous venons de traverser. Tu veux t'occuper de moi, parce que tu as eu très peur. C'est inutile. Je suis capable de m'en sortir seule.

— Je te propose d'y réfléchir aujourd'hui, suggéra-t-il. Notre vol de retour n'est prévu que demain. Tu prendras ta décision à ce moment-là.

Sur ces mots, il quitta son fauteuil et se pencha pour déposer un baiser sur le front d'Elizabeth.

— Je vais te laisser dormir et rentrer me doucher. Nous quitterons l'hôpital ce soir.

— D'accord, dit-elle dans un souffle en reposant la tête sur l'oreiller. Je vais réfléchir à ton offre.

Mack quitta l'hôpital d'un pas alerte. Il ne doutait pas d'obtenir l'assentiment d'Elizabeth, une fois qu'elle aurait pesé le pour et le contre de sa proposition. Elle était jeune et inexpérimentée, d'où son inquiétude à franchir le pas. Mais elle n'avait pas plus envie que lui de mettre un terme à leur aventure.

Il s'arrêta en route pour lui acheter un cadeau qu'il lui offrirait à leur retour à la villa. Elle avait bien besoin de réconfort après ce qu'elle venait de traverser. Mack en frissonnait encore. Il la revoyait dans ce café, alors qu'elle sombrait dans l'inconscience. Sa vie aurait pu prendre fin à ce moment-là. L'horreur qu'il avait ressentie le poursuivrait encore longtemps. Il ne pouvait s'imaginer la perdre. Pourtant, tous deux se connaissaient à peine, n'avaient vécu que quelques jours ensemble, mais Mack n'avait jamais ressenti de sentiments aussi profonds pour personne jusqu'ici. Des sentiments inédits pour lui, à tel point qu'il n'arrivait pas à les définir ni à les décrire.

Sa seule certitude était la suivante : il voulait prolonger l'aventure avec Elizabeth.

L'assistante du bijoutier lui proposa une parure en diamants et saphirs, qui comprenait un pendentif, des boucles d'oreilles et une bague de fiançailles. Pourtant, à aucun moment, il n'avait évoqué un quelconque engagement. Ah, le romantisme des Français ! Ces gens-là étaient incorrigibles !

Mack contempla longuement le solitaire qui ornait la bague puis reporta son attention sur la vendeuse entre deux âges.

— Je n'ai pas besoin de l'anneau. Je veux seulement le pendentif et les boucles d'oreilles.

La femme haussa les sourcils d'un air surpris.

— Vraiment ? Peut-être Monsieur changera-t-il d'avis prochainement ?

Mack lui adressa un sourire crispé.

— Cela m'étonnerait.

— L'avenir le dira !

Elizabeth regagna la villa avec Mack plus tard ce jour-là. Son amant l'entourait d'attentions sans pour autant la couver comme le faisait sa mère en de telles circonstances. Il l'aida à s'installer sur une chaise longue à l'ombre puis lui apporta un thé glacé et des fruits.

— Tiens, voilà de quoi te rafraîchir, lui dit-il avant de s'installer à ses côtés. Y a-t-il autre chose dont tu aurais envie ?

— Non, c'est adorable, merci.

Elle le vit ensuite saisir quelque chose dans la poche de son gilet.

— Je t'ai fait un petit cadeau. J'espère qu'il te plaira.

Il lui tendit alors un écrin rectangulaire recouvert de velours pourpre. Retenant son souffle, Elizabeth comprit avec regret qu'il ne pouvait s'agir d'une bague, vu la taille de la boîte. Elle l'ouvrit avec lenteur et découvrit son contenu avec stupeur. Devant ses yeux, un pendentif et des boucles d'oreilles en diamants brillaient de mille feux. Jamais elle n'avait vu de bijoux aussi beaux. Ils devaient avoir coûté une fortune. Sa sœur portait souvent des parures hors de prix, elle jamais.

— Seigneur ! Mack, tu n'aurais pas dû… Je ne peux pas accepter un tel cadeau. C'est trop.

— Ne sois pas ridicule. Je veux que tu les portes.

Elizabeth sentit le doute l'envahir.

— Chercherais-tu à me soudoyer ?

— Te soudoyer ? Qu'entends-tu par là ?

Elizabeth referma l'écrin et le lui rendit.

— Je sais ce que tu cherches. Ton but est de me convaincre de m'installer avec toi. Mais moi, je ne veux pas de cadeau.

— Que veux-tu alors ? demanda-t-il d'un ton surpris.

Elizabeth se redressa sur la chaise longue, qu'elle releva en position assise.

— Je veux plus que des bijoux hors de prix. Je veux savoir ce que tu ressens pour moi.

— Je te l'ai déjà dit ! J'apprécie ta compagnie. J'aime être avec toi, je tiens à toi.

Elizabeth quitta la chaise pour mettre un peu de distance entre eux.

— Tu me connais à peine, Mack. Notre rencontre date de quelques jours seulement. Au début, tu me prenais pour ma sœur. Comment peux-tu être sûr de tenir à moi ?

Mack se leva à son tour pour la rejoindre et prendre ses mains entre les siennes.

— Je sais qui tu es et ai développé des sentiments pour toi, pour personne d'autre.

— Es-tu en train de me dire que tu es amoureux de moi ?

Un silence pesa entre eux. Un silence lourd de non-dits.

— Je veux que notre aventure se poursuive aussi longtemps que nous aurons plaisir à être ensemble.

Elizabeth plongea son regard dans celui de Mack, qui demeurait insondable.

Lentement, elle retira ses mains d'entre celles de son amant.

— Désolée, mais je ne peux pas accepter ton offre. Que tu apprécies ma compagnie ne me suffit pas. Je veux le genre d'amour dont tout le monde rêve. L'amour de toute une vie. Un amour indéfectible. Mais toi, tu as une vision différente de la mienne.

Il passa une main nerveuse dans ses cheveux.

— N'est-il pas un peu tôt pour parler mariage ? objecta-t-il.

Elle lui adressa un regard de défi.

— Penses-tu être un jour capable d'envisager un tel tournant dans ta vie ? Tu as dit ne jamais vouloir d'engagement à long terme. Que suis-je censée faire ? Attendre que tu changes d'avis ?

Mack se dirigea à l'autre bout de la terrasse et, tournant le dos à Elizabeth, prit une profonde inspiration avant de déclarer :

— Je ne veux pas parler mariage, ni maintenant ni dans le futur.

Reportant son attention sur Elizabeth, il ajouta :

— Je t'offre une relation un peu plus longue que celle dont nous étions convenus. C'est tout.

— Je suis flattée. Mais je suis au regret de décliner ta proposition et espère que tu me pardonneras. Si nous n'éprouvons pas la même chose l'un pour l'autre, à quoi bon continuer ? Nous perdrions notre temps et, franchement, j'ai déjà gâché de nombreuses années de ma vie. Je veux prendre mon destin en main et vivre de belles choses. Parmi elles, être aimée telle que je suis, avec mes allergies et tout le reste.

Les sourcils de Mack se froncèrent.

— Tu ne crois tout de même pas que je freine sur le mariage à cause de tes allergies ? Bon sang, Elizabeth, n'as-tu pas vu à quel point j'étais inquiet pour toi ? Quand tu t'es effondrée, j'ai frôlé la crise cardiaque. L'idée de te perdre m'était si insupportable que je t'ai proposé de venir t'installer avec moi. Je veux prendre soin de toi !

Elizabeth secoua lentement la tête.

— Si je t'autorisais à le faire, tu prendrais simplement la place de ma mère, or je ne suis pas sous ta responsabilité, et ne veux pas l'être, Mack. Je veux être ton égale, ta partenaire pour la vie, pas une passade sans aucun avenir.

Mack étouffa un juron.

— Et donc ? Où en sommes-nous à cet instant précis ? Tu veux rompre ? Maintenant ?

Elizabeth exhala un long soupir.

— Je crois que cela vaut mieux, en effet. Pourquoi prolonger une relation vouée à l'échec ? Tu étais attirée par moi parce que je jouais le rôle de ma sœur. C'est ce qui t'a séduit au départ. Or je ne suis pas cette personne-là. Je ne porte pas de vêtements de créateurs, de parfums exotiques ou de talons aiguilles. Je ne suis pas une fêtarde. Je suis une personne timide, introvertie, qui n'appartient pas à ton monde. Si nous poursuivions cette aventure, tu te lasserais très vite de ma compagnie, j'en suis sûre. Je préférerais que nous nous quittions maintenant, bons amis.

— *Bons amis ?* rétorqua Mack en plissant les yeux. Je n'ai pas besoin de toi en tant qu'amie.

— Le problème, Mack, c'est que tu n'as besoin de personne, du moins sur le plan des émotions. Tu ne t'y autorises pas.

— Que ressens-tu pour moi exactement ?

La question la déstabilisa un court instant. Directe, brutale, posée d'une voix atone, sans expression. Mack lui faisait l'effet d'un robot.

Elizabeth noua les mains sur son ventre. Il fallait qu'elle pèse soigneusement ses mots pour ne pas lui révéler la force de ses sentiments, puisqu'elle ne pouvait espérer aucune réciprocité.

— J'ai adoré le temps passé avec toi. Tu m'as enseigné beaucoup de choses, pas seulement sur le plan sexuel. Notre séjour à Lagrasse m'a enchantée, même s'il m'a conduite à l'hôpital. Je garderai un souvenir très tendre de notre aventure.

— *Très tendre ?* répéta-t-il d'un ton ironique. C'est tout ? Alors qu'il y a quelques minutes tu me suppliais presque de te demander en mariage ?

Elizabeth sentit la colère l'envahir.

— Ta proposition ressemble à celle faite par ton père à sa maîtresse. Je suis sûre qu'il a accumulé les fausses promesses, encouragé les espoirs de cette pauvre femme en la comblant de cadeaux à chacune de ses visites, lui faisant croire que ses rêves se transformeraient un jour en réalité, que tous deux seraient heureux un jour. Mais cela ne s'est pas produit, n'est-ce pas ? Il s'est montré incapable d'aimer sa maîtresse ou sa femme de la manière dont elles le souhaitaient.

— S'il te plaît, laisse mon père en dehors de tout cela, siffla-t-il entre ses dents, le regard dur.

— Chacun de nous a souffert à cause de son père, répliqua doucement Elizabeth. Ils nous ont laissés tomber, trahis, rejetés et abandonnés. Pour autant, cela ne signifie pas que nous devons craindre de subir le même sort à nouveau. Il nous faut faire preuve de courage, dire ce que nous voulons et accepter ce qui nous est offert, sans craindre de perdre ce qu'il y a plus précieux : l'amour.

Mack retourna s'appuyer à la rambarde de la terrasse. La

tension qui l'habitait était perceptible. Après un long silence, il se retourna pour affronter le regard interrogateur d'Elizabeth.

— Très bien, dit-il d'un ton sec. Je vais changer nos vols pour ce soir. Inutile de prolonger notre séjour puisque tu désires t'en aller.

— Non ! protesta Elizabeth. Une nuit de plus ne…

— Au contraire, coupa-t-il. Inutile de poursuivre cette aventure. Je vais te réserver un vol pour Londres et m'en réserver un pour Édimbourg. Ce soir s'achève notre histoire. Nous ne nous reverrons plus.

Sur ces mots, il tourna les talons et descendit les marches qui menaient au jardin. Muette de stupeur, Elizabeth le regarda disparaître. Elle n'avait pas eu le temps de dire quoi que ce soit. Quel argument aurait-elle pu opposer de toute façon ? N'était-ce pas moins pénible, plus facile ainsi ? Mieux valait une coupure nette qu'une longue tirade d'adieux déchirante.

Le trajet jusqu'à l'aéroport plus tard ce jour-là se fit en silence. Une atmosphère électrique régnait entre eux. Alors qu'ils consultaient le tableau des départs dans le hall, Elizabeth se tourna vers celui qui cesserait bientôt d'être son compagnon.

— Mack, s'il te plaît, ne nous quittons pas de cette manière.

— C'est toi qui as voulu en finir, pas moi, rétorqua-t-il d'une voix atone.

— Tu es injuste. Je ne veux pas que notre aventure s'achève sur une note aussi négative. J'aimerais que nous nous séparions en bons termes.

— Très bien, acquiesça-t-il en lui tendant la main. Au revoir, je te souhaite un bon vol.

Elizabeth accepta à contrecœur de lui serrer la main. À ce contact, son cœur se contracta douloureusement. C'était la dernière fois que sa peau toucherait la sienne.

— Au revoir, Mack. Merci pour tout ce que tu as fait pour moi. Je suis ravie de t'avoir connu.

— As-tu emporté tes médicaments ?

— Oui, acquiesça-t-elle en tapotant son sac de sa main libre.

— Très bien. Je vais te laisser maintenant. L'embarquement devrait commencer d'une seconde à l'autre.

Quand leur poignée de main s'acheva, Elizabeth sentit une vague de froid l'envahir. Avec un sourire forcé, elle affronta une dernière fois le regard de celui avec qui elle avait vécu une expérience fabuleuse.

— Oui. Je ne voudrais pas rater mon vol.

Pendant un long moment, Mack la dévisagea, puis s'avança pour l'agripper par les épaules et planter un baiser sur ses lèvres.

— Prends soin de toi, dit-il d'une voix rauque.

— Je te le promets, répondit-elle avant de tourner les talons pour rejoindre la file des passagers prêts à embarquer. Quand, quelques secondes plus tard, elle jeta un coup d'œil par-dessus son épaule, Mack avait disparu.

Sans un regard en arrière, Mack se dirigea d'un pas vif vers sa propre porte d'embarquement. Il terminait ainsi, sans jamais se retourner, chacune de ses aventures. Pourquoi en aurait-il été autrement avec Elizabeth ? Parce qu'il avait vécu une expérience différente ? Plus forte ? Plus intense ? D'ordinaire, il prenait la décision de rompre en premier. Mais cette fois, Elizabeth l'avait surpris en rejetant son offre de s'installer avec lui pour une durée indéterminée. Quelques semaines, voire quelques mois, afin de poursuivre leur aventure passionnée. Il n'était pas le genre d'homme à envisager le mariage ou à s'engager durablement. Sa mère avait commis cette erreur, pour son plus grand malheur. Elle avait été trahie d'une manière honteuse. L'amour l'avait détruite, ainsi que Clara et dans une moindre mesure Daisy, sa demi-sœur. Les conséquences sur le comportement de son frère avaient été dévastatrices. Aimer une personne lui donnait le pouvoir de vous blesser, de vous détruire.

Jamais il ne vivrait pareille expérience.

13.

Elizabeth venait de regagner son domicile quand sa sœur Élodie s'annonça à sa porte. Elle pénétra en trombe dans l'appartement et prit place sur le canapé avant même d'y être invitée.

— Tout cela pour rien, annonça-t-elle sans préambule. Mes soutiens financiers se sont tous retirés et me voilà de retour à la case départ, sauf si je trouve quelqu'un d'autre pour lancer ma marque. Cela a peu de chances de se produire, vu que je suis à l'origine de l'annulation du mariage de Fraser McDiarmid.

— Je suis sincèrement désolée. Mais les choses se sont retournées contre moi aussi.

Élodie haussa les sourcils.

— Ah, ton aventure avec le propriétaire de Crannochbrae a donc pris fin ?

— J'y ai mis un terme, en fait.

— Pourquoi ?

— Parce que, au tout début, il me prenait pour toi. Je ne suis pas sûre que ma petite personne lui ait réellement plu.

— Tu veux dire qu'il a découvert la supercherie ? Que lui as-tu dit ? Tu avais promis de garder le secret.

— Il a deviné avant que je ne lui dise quoi que ce soit.

— Quelqu'un d'autre est au courant ?

— Non, seulement lui.

— Intelligent, ce type.

— Oui, très. Je crois qu'il s'est douté de quelque chose dès le début.

Élodie laissa échapper un petit rire.

— J'aurais aimé être une petite souris pour voir la mine de Fraser en découvrant ta présence.

— Je t'en veux encore de ne pas m'avoir mise au courant de ton aventure avec lui.

— Désolée, mais je voulais oublier cet épisode.

— Pour l'avoir rencontré, je te comprends… Mais Mack ne lui ressemble pas. C'est un homme stable, travailleur, qui s'est sacrifié pour sa famille.

— Pourquoi avoir rompu alors, si tu l'apprécies à ce point ?

— Parce que je voulais davantage.

— C'est-à-dire ?

— Je voulais de l'amour.

Élodie se pencha pour planter son regard dans celui de sa sœur.

— Te serais-tu entichée de lui ?

— Tu vas me trouver ridicule, mais je crois que je suis tombée amoureuse de lui presque immédiatement.

Élodie bondit de son siège, comme propulsée par un ressort.

— Bon, sang, Eliz, tu ne peux pas t'éprendre de quelqu'un aussi vite ! Il t'a subjuguée, voilà tout. C'est ton manque d'expérience avec les hommes qui te fait croire à un coup de foudre. J'ai vécu la même chose avec Lincoln. Regarde où cela m'a conduite !

— Je n'ai pas autant d'expérience que toi, mais je sais ce que je ressens. Il voulait que je m'installe avec lui. Pour cela, il aurait fallu que je quitte mon emploi et me déracine pour aller vivre en Écosse. Comment maman aurait-elle supporté cela ?

— Tu dois cesser de t'inquiéter pour maman et vivre ta vie comme bon te semble.

— Je sais, mais je veux vivre avec quelqu'un qui m'aime. Mack n'est pas du genre à s'engager. Il refuse même l'idée de tomber amoureux.

— Ça ne veut pas dire que cela ne lui arrivera pas, objecta Élodie tout en reprenant place sur le canapé. En tout cas, je suis contente que tu sois rentrée. À tout moment, je craignais qu'on te prenne en photo avec Mack et que tout le monde pense qu'il s'agissait de moi.

Elizabeth fronça les sourcils.

— Pourquoi cette inquiétude ?

Élodie haussa les épaules d'un air désabusé.

— Ma réputation a déjà volé en éclats. Je n'ai pas besoin que d'autres scandales entachent mon nom. Merci de m'avoir remplacée au mariage. Je suis sûre que tu t'es très bien débrouillée.

— Un peu trop bien, apparemment.

Mack s'abrutissait dans le travail pour remplir le vide de sa vie depuis le départ d'Elizabeth. Il ne voulait pas admettre qu'elle lui manquait terriblement. Pourtant, il s'était vite rendu compte de l'importance qu'elle revêtait à ses yeux. Son absence lui infligeait une torture atroce.

C'était elle qui avait choisi de partir. Mack lui avait proposé de prolonger leur aventure, mais elle avait refusé.

Pourquoi lui avait-il fait une telle offre ? se demandait-il fréquemment depuis son retour. Certes, il partageait avec elle une entente sexuelle fabuleuse, beaucoup plus forte qu'avec ses anciennes partenaires. Son manque d'expérience jouait un rôle aussi, mais il y avait autre chose. Elle lui avait offert un festin de sensualité. Leur passion était telle qu'ils avaient connu une fusion des corps exceptionnelle. Il admirait aussi sa finesse d'esprit, sa compréhension des choses. Une véritable connexion émotionnelle existait entre eux.

« Émotionnelle » ?

Mack rumina ce mot jusqu'à ce qu'il se transforme en obsession. Depuis la mort de son père, il refusait les émotions, les éradiquait même de son vocabulaire. Il s'était jeté à corps perdu dans l'action pour venir en aide aux siens, sans prendre le temps de faire son deuil, contrairement à sa mère, son frère, la maîtresse de son père et sa demi-sœur.

Elizabeth avait évoqué le fait que tous deux avaient souffert à cause de leur père. Sur le moment, il n'avait pas jugé ce propos pertinent, mais il devait l'admettre aujourd'hui : son père avait laissé de profondes cicatrices dans son cœur. Depuis, il n'avait jamais laissé personne l'atteindre. Il se réfugiait derrière une armure d'insensibilité.

Son retour à Crannochbrae, sa forteresse, l'avait ébranlé. Il s'était rendu compte du décor sans âme dans lequel il évoluait. Bien que les pièces soient aménagées avec goût, elles lui paraissaient froides et vides.

Même l'ancienne salle de musique, transformée en salon, remplie d'œuvres d'art hors de prix, lui paraissait glaciale. Il y manquait une pièce maîtresse : le piano de son enfance. Il n'en jouait plus depuis longtemps.

Trop longtemps.

Peut-être était-il temps d'y remédier.

Installée à la terrasse du café qui jouxtait la bibliothèque où elle travaillait, Elizabeth écarquilla les yeux quand elle vit Sabine se diriger vers sa table.

— Sabine ? Comment allez-vous ?

La jeune femme agrippa le rebord de la chaise en face d'Elizabeth.

— Je voulais vous voir, répondit la nouvelle venue.

À qui Sabine voulait-elle parler ? À elle ou à Élodie ? Était-elle au courant de la supercherie ? Mack l'en avait-il informée ?

— Je vous en prie, asseyez-vous, proposa Elizabeth. Puis-je vous offrir un café ou autre chose ?

— Plus tard, peut-être, répondit Sabine en s'installant à la table. Je vois les différences entre votre sœur et vous maintenant, mais à Crannochbrae, c'était impossible.

— Mack vous a dit… qui je suis réellement ?

— Non. Élodie m'a appelée hier pour me présenter ses excuses.

— Oh ! j'en suis ravie. Je sais qu'elle ne voulait absolument pas vous blesser. Moi non plus d'ailleurs. J'ai été atterrée d'apprendre que…

Sabine l'interrompit d'un geste de la main.

— Je ne veux pas vous entendre prononcer le nom de

Fraser. J'en veux terriblement à mon père de l'avoir gardé dans l'entreprise.

— Ce doit être épouvantable pour vous.

— Oh… mon père est l'être le plus insensible que je connaisse. Je pensais que Fraser ne lui ressemblait pas, mais je me suis trompée. Papa a eu de nombreuses maîtresses, et ma mère a toujours préféré fermer les yeux. Quant à moi, j'ai honte de mon aveuglement.

— Je regrette sincèrement de vous avoir caché mon identité. Je vous ai appréciée dès notre première rencontre. Et quand j'ai fait la connaissance de Fraser, j'ai aussitôt craint le pire pour vous.

— Ça ira, répliqua Sabine avec un sourire. Un de perdu, dix de retrouvés. Et vous ? Les insultes qui ont fusé dans la presse à votre sujet – ou plutôt au sujet d'Élodie – ont dû vous affecter, puisque vous étiez innocente.

— Il se trouve que… Mack m'a aidée à fuir les projecteurs pendant quelques jours.

— Ah oui ? Comment ?

Il y eut un silence. Elizabeth sentit ses joues s'empourprer.

— J'étais… Je préférerais ne pas en parler, désolée.

La gorge serrée, elle peinait à retenir ses larmes. Chaque fois que l'image de Mack lui revenait à l'esprit, le chagrin la submergeait. Il lui manquait tellement. Son corps le réclamait. Sa vie lui semblait vide et insipide sans lui. Se pouvait-il qu'elle lui manque aussi ? Ou bien avait-il déjà tourné la page ?

Sabine lui prit la main sur la table.

— Je me suis rendu compte qu'un lien spécial vous unissait. Pensez-vous le revoir ?

Elizabeth secoua tristement la tête.

— Ce ne serait pas raisonnable. Nous n'attendons pas les mêmes choses de la vie.

— Je ne sais pas… Mack semblait vraiment attiré par vous.

— Parce que je jouais le rôle d'Élodie.

Sabine fronça les sourcils.

— Je ne crois pas, non, car il a très vite deviné la supercherie. Élodie me l'a dit quand elle m'a parlé au téléphone.

— Oui, mais il préfère les aventures sans lendemain, alors que je rêve d'un conte de fées.

Sabine eut un sourire puis consulta la carte des consommations.

— N'est-ce pas notre lot à toutes ?

Mack passa les trois semaines suivantes à voyager dans un but purement professionnel. Tous les soirs, il se retranchait seul dans sa chambre d'hôtel. Il n'avait aucune envie de lier connaissance ou de chercher une liaison. L'idée de coucher avec une autre femme qu'Elizabeth le dégoûtait. Comment avait-il pu se satisfaire d'histoires futiles pendant toutes ces années ? Il se sentait honteux aujourd'hui de ne pas avoir su développer de relations profondes avec qui que ce soit.

À la fin de son long périple, il rentra à Crannochbrae et se rendit aussitôt dans la salle de musique où on venait de lui livrer un piano flambant neuf. Lentement, il s'en approcha, prit place sur le siège situé devant l'instrument et allongea les doigts sur les touches. Des années s'étaient écoulées depuis la dernière fois qu'il avait joué. De trop nombreuses années. Avait-il tout oublié ? Son cerveau avait-il stocké les sonates qu'il connaissait par cœur auparavant ou avaient-elles disparu de sa mémoire ?

Après avoir pris une profonde inspiration, il laissa ses doigts courir sur le clavier. Les notes du *Clair de lune* de Debussy emplirent la pièce de leur magnifique sonorité et, très vite, Mack se sentit plus heureux qu'il ne l'avait été depuis des lustres. La musique comptait énormément à ses yeux autrefois et il regrettait à présent de l'avoir délaissée. Il se rendait compte aujourd'hui de la terrible erreur qu'il avait commise.

Mais ce n'était pas la seule… Les bras d'Elizabeth autour de son cou lui manquaient terriblement. De même que la profondeur de son regard, le contact de ses lèvres sur les siennes, son corps lové contre le sien. Tout en jouant, Mack sentit son cœur se serrer douloureusement.

Son cœur…

Ses doigts s'immobilisèrent sur les touches. Depuis quand son cœur intervenait-il dans les liaisons qu'il entretenait ? Seule Elizabeth avait su transpercer ses défenses. Elle était la première de ses conquêtes à lui inspirer plus que du désir. Il ressentit soudain un choc en comprenant qu'il éprouvait de l'amour pour elle. Un sentiment qui lui était étranger, car différent de celui qu'il ressentait pour ses parents, son frère, Clara et Daisy.

Elizabeth avait provoqué en lui des émotions d'une rare intensité. Il avait besoin de la retrouver, de partager sa vie avec elle. Sans elle, son existence serait aussi vide qu'une salle de musique privée de piano.

Il avait hâte de se débarrasser de son armure pour laisser libre cours aux sentiments profonds qui l'habitaient désormais. Il n'était plus un être insensible, mais un homme doté d'un cœur qui battait la chamade pour celle qui avait su le conquérir.

Un jour de plus sans elle lui paraissait insupportable. Il fallait qu'il la retrouve, lui avoue la profondeur de ses sentiments, l'amour qu'il éprouvait pour elle depuis leur toute première rencontre. Elizabeth était la seule personne en mesure de tirer le meilleur de lui-même.

Un vent terrible et une pluie tenace accueillirent Elizabeth lorsqu'elle quitta son travail. Les pans de son manteau serrés autour d'elle, elle avançait tête baissée. Elle avait oublié d'emporter un parapluie, et les gouttes glacées lui piquaient le visage.

Soudain, elle vit une silhouette munie d'un large parapluie venir à sa rencontre. Quand elle reconnut Mack, elle marqua un temps d'arrêt, surprise par cette apparition à laquelle elle ne s'attendait pas.

— Mack ? murmura-t-elle en levant les yeux vers lui.

L'abritant sous son parapluie, il lui prit le bras.

— Puis-je te raccompagner chez toi ?

Au son de cette voix, elle frissonna de plaisir. Comme son bel accent écossais lui avait manqué ! Mais que faisait-il à Londres ? Elle savait que ses affaires l'amenaient parfois dans cette ville, mais le quartier qu'il fréquentait était très éloigné de celui dans lequel elle travaillait. Avait-il fait ce voyage pour la voir, elle ? Pourquoi ?

— Merci de m'abriter. J'ignorais qu'il allait pleuvoir.

La retenant par le bras, il se posta devant elle.

— Je suis venu te voir.

— Pourquoi ?

— Parce que je ne peux plus me passer de ton joli visage, répondit-il avec un sourire. Tu m'as terriblement manqué. Depuis notre séparation, j'erre comme un animal blessé. Je ne comprends pas pourquoi il m'a fallu autant de temps pour me rendre compte que je t'aimais.

— Tu m'aimes ? répéta Elizabeth en écarquillant les yeux sous le choc de cette révélation.

Il devait s'agir d'un rêve, d'une hallucination. Mais quand Mack l'attira contre lui, elle comprit qu'il n'en était rien.

— Je t'aime comme je n'ai jamais aimé personne. Tu as conquis mon cœur. Tu avais raison, je me retranchais derrière une armure pour ne pas me laisser atteindre par les émotions. J'avais trop peur de m'ouvrir à l'amour par crainte de le perdre. Le risque existe, bien sûr, mais je suis prêt à le courir avec toi.

— Oh ! Mack, je n'arrive pas à croire que tu sois là, que tu prononces les mots que j'attendais. Je t'aime aussi. De tout mon cœur. À tel point que vivre loin de toi m'inflige une souffrance atroce. Tu me manques terriblement.

Mack lui caressa le visage de sa main libre.

— Je ne veux plus jamais me passer de toi. Je sais que te demander de venir vivre avec moi à Crannochbrae représente à tes yeux un immense sacrifice. Nous pourrions faire des allers-retours pour que tu gardes cet emploi que tu aimes tant. J'achèterai une maison à Londres. Je ferai tout ce que tu voudras si tu acceptes de devenir ma femme.

— Ta femme ? Tu me demandes de t'épouser ?

Un large sourire se dessina sur les lèvres de Mack.

— Excuse-moi de ne pas m'agenouiller pour te faire cette demande, mais c'est une rivière qui coule sous nos pieds à cet instant précis.

En baissant les yeux, Elizabeth prit conscience du déluge qui s'abattait sur eux.

— Seigneur ! Mettons-nous vite à l'abri !

— Ton appartement est encore loin ?

— Non, à quelques rues d'ici.

— Alors dépêchons-nous !

Bras dessus, bras dessous, ils pressèrent le pas jusqu'au domicile d'Elizabeth. Une fois à l'intérieur de l'appartement, Mack déposa le parapluie dégoulinant près de la porte. Puis se tournant vers Elizabeth, il demanda :

— Alors, où en étions-nous ?

— Tu voulais t'agenouiller pour me demander en mariage.

— Exact !

Mack lui prit la main, posa un genou à terre et sortit un écrin pourpre de sa poche. Un écrin qu'Elizabeth reconnut aussitôt.

Mais quand Mack en souleva le couvercle, elle eut la surprise de découvrir qu'une bague était venue s'ajouter au pendentif et aux boucles d'oreilles.

— Elizabeth, m'accordes-tu l'honneur de devenir ma femme ?

Elle contempla longuement la magnifique parure puis reporta son attention sur l'homme agenouillé devant elle.

— Oh ! Mack… Je t'aime et je veux passer le reste de ma vie à tes côtés.

— Merci, mon amour.

Se relevant, Mack l'enlaça étroitement.

— J'aurais dû acheter cette bague en même temps que le pendentif et les boucles. Il a fallu que je retourne en France pour me la procurer.

— Tu aurais pu la faire expédier !

— Exact, mais je voulais dire à la vendeuse qu'elle avait vu juste. Sans doute avait-elle deviné la force de mon amour pour toi dès ma première visite à la bijouterie.

Sur ces mots, il se pencha pour poser ses lèvres sur celles de son aimée.

— Tu es la partenaire idéale pour moi, murmura-t-il quand leur baiser prit fin. Quelle chance de t'avoir trouvée ! Si tu savais comme j'ai honte de ne pas avoir admis tout de suite la force des sentiments que j'éprouvais pour toi. Quand j'ai failli te perdre en France, j'ai ressenti une terreur effroyable, mais je n'ai pas compris qu'il s'agissait d'amour. Te proposer de poursuivre notre aventure était une véritable insulte. J'ai perdu un temps fou. Un temps que nous aurions pu consacrer à la préparation de notre mariage.

Elizabeth passa les bras autour de son cou.

— J'ai hâte de devenir ta femme. J'ai l'impression de vivre un conte de fées. Jusqu'ici, j'ai passé tout mon temps à me cacher, à éviter les interactions sociales. Mais te rencontrer m'a donné envie de sortir de ma bulle, de profiter de la vie. Grâce à toi, j'ai surmonté tous mes blocages.

L'attirant plus près de lui, Mack planta son regard dans le sien.

— Comme ma vie serait triste sans toi ! Tu m'as beaucoup apporté. Grâce à toi, j'ai même repris le piano.

— Vraiment ?

— Oui. Quand je me suis remis à jouer, j'ai eu l'impression de me retrouver. Sans toi, je n'y serais jamais parvenu.

— Tu m'as beaucoup apporté aussi. J'ai suivi ton conseil au sujet de ma mère. Je l'appelle à la même heure tous les matins et tous les soirs. Et devine le résultat ! Elle me laisse tranquille maintenant, puisqu'elle est rassurée. Mieux encore, elle a rencontré quelqu'un. Depuis son divorce, elle ne fréquentait personne, parce qu'elle passait son temps à s'occuper de moi.

— Je suis heureux pour elle et pour toi. J'ai hâte de faire sa connaissance. Crois-tu qu'elle validera ton choix de mari ?

— J'en suis sûre. Élodie aussi. J'espère que ma sœur connaîtra un jour la même joie que moi.

— Tu te préoccupes toujours des autres, et c'est une chose que j'admire chez toi. Tu voulais le bonheur de Sabine lors du mariage. Pourtant, tu la connaissais à peine.

— Je l'ai rencontrée il y a quelques semaines. Elle semble aller mieux, ne plus souffrir de sa séparation avec Fraser. Au fait, comment se porte ton frère ?

— Très bien, à ma grande surprise. Il se concentre sur sa carrière et prend sa vie en main. J'espère que tu pourras lui pardonner ce qui s'est passé entre Élodie et lui. Il s'est mal comporté, mais souhaite sincèrement s'améliorer. Perdre Sabine a contribué à cette prise de conscience.

— L'aimait-il vraiment, à ton avis ?

Mack haussa les épaules.

— Qui sait ? Il est trop tard de toute façon. Sabine a tourné la page.

— Vraiment ? Tu veux dire qu'elle a rencontré quelqu'un d'autre ? Elle ne m'en a rien dit quand nous nous sommes vues, mais notre rencontre remonte à plusieurs semaines. Nous n'avons eu aucun contact depuis.

— Elle sort avec un vieil ami d'école, son premier amour en fait. Ça a l'air sérieux.

— Il paraît qu'on n'oublie jamais son premier amour, dit Elizabeth avec un sourire.

Mack l'enlaça étroitement.

— Surtout quand il s'agit d'une personne adorable, comme toi.

Il déposa un baiser aérien sur ses lèvres avant d'ajouter :

— Évoquer certains vers de Robert Burns me paraît approprié.

— Lesquels ?

– « *La voir, c'était l'aimer. N'aimer qu'elle et l'aimer pour toujours.* »

Profondément émue, Elizabeth lui tendit les lèvres, et un long baiser les réunit. À n'en point douter, un avenir radieux les attendait.

Vous avez aimé *Une innocente sous les projecteurs* ?
Découvrez l'histoire de la sœur de votre héroïne
au mois d'octobre, dans votre collection Azur !

Retrouvez prochainement,
dans votre collection

AZUR

Leur royal secret, de Lynne Graham - N°4499

Fière et indépendante, Gaby a toujours su combien Angel Diamandis pouvait être dangereux pour son cœur. Toutefois, rien ne l'a préparée à la passion qui s'empare d'elle quand elle se retrouve dans le lit du prince. Entre eux le désir est vif et ses conséquences, irrémédiables. En effet, un an plus tard, Gaby doit présenter à Angel le secret de leur folle aventure – un fils !

L'amant d'une innocente, d'Annie West - N°4500

Victime de menaces, Lola ne voit qu'une personne vers laquelle se tourner : Niall Pedersen, un magnat de la sécurité qui est aussi le meilleur ami de son frère. Si elle nourrissait autrefois pour Niall un béguin d'adolescente, c'est une passion dévorante qu'il éveille en elle à l'occasion de leurs retrouvailles. Tandis qu'elle séjourne chez lui, dans sa luxueuse demeure australienne, Lola perd vite la raison en devenant la maîtresse de son protecteur…

Tête-à-tête avec un Grec, de Michelle Smart - N°4501

Keren a fui l'île d'Agon le cœur brisé, convaincue que son mariage était terminé. C'est donc avec émotion qu'elle y retrouve Yannis, dix-huit mois plus tard. Si elle sait qu'il est temps pour eux d'officialiser leur séparation, son époux grec lui propose un marché. Il signera les papiers du divorce à la condition qu'elle reste trois jours avec lui. Un tête-à-tête qui ravive aussitôt le souvenir de la tragédie qui les a séparés mais aussi la passion brûlante qui les liait autrefois…

L'été d'un prince, de Katrina Cudmore - N°4502

Journaliste passionnée, Toni Clarke a une opportunité formidable : interviewer Ivo, le très secret prince de Monrosa. Alors qu'elle est autorisée à l'accompagner sur sa propriété, une *finca* méditerranéenne qu'il habite au milieu des oliviers, elle découvre l'homme derrière le souverain. Et la passion entre ses bras… Coupés du monde, ils partagent des moments intenses et inoubliables, si bien que Toni se demande comment elle parviendra à renouer avec la réalité, si éloignée d'un conte de fées…

L'enfant d'un disparu, de Tara Pammi - N°4503

Priya est sous le choc. L'homme qui se tient devant elle n'est autre que son mari, qu'elle croyait mort huit ans plus tôt ! Revoir Christian bouleverse son univers tout entier. Car, si leur mariage est resté pour elle un mirage, leurs retrouvailles sont plus réelles que jamais. Malgré le doute et les questions qui l'assaillent, Priya sait qu'elle va devoir révéler à Christian que durant sa trop longue absence tous deux ont eu un enfant. Un fils qui aujourd'hui a besoin de son père...

La protégée du magnat italien, de Chantelle Shaw - N°4504

Parce qu'il connaît le monde impitoyable des affaires, Daniele a promis de veiller sur Paloma Morante, l'héritière d'un empire. Mais ses retrouvailles avec la jeune femme lui rappellent les raisons pour lesquelles il l'a tenue à distance si longtemps. Audacieuse et sexy, sa protégée est la tentation incarnée ! Or s'il lui a proposé de l'épouser c'est uniquement pour assurer sa sécurité, de jour comme de nuit...

Éprise d'un aristocrate, de Rebecca Winters - N°4505

Embauchée pour rénover une fabuleuse demeure de Provence, Camille tombe immédiatement sous le charme de Raoul Fontesquieu, le maître des lieux. L'homme est toutefois hors de sa portée. Non seulement il vient de se découvrir un fils auquel il souhaite se consacrer pleinement mais, surtout, il est issu de l'aristocratie. Si deux mondes les opposent, Camille et Raoul se rapprochent pourtant, corps et âme, jusqu'à douter de pouvoir vivre l'un sans l'autre...

Un cheikh envoûtant, de Pippa Roscoe - N°4506

SÉRIE : *PRÉCIEUX HÉRITAGE* - 2/3

Star Soames s'est donné une semaine pour chercher au royaume de Duratra la mystérieuse clé qui la mènera aux bijoux disparus de sa famille. Or, alors que sa quête la conduit au palais royal, elle y fait la connaissance d'un sublime inconnu, dans les bras duquel elle s'autorise une nuit de passion. Quelle n'est pas sa stupeur de découvrir le lendemain qu'il n'est autre que Khalif al-Azhar, l'héritier du trône ! Envoûtée par son aura magnétique, Star accepte de le suivre dans le désert...

Le baiser du Cap, de Joss Wood - N°4507

SÉRIE : *SCANDALE EN AFRIQUE* - 1/3

« Si je t'embrasse, il n'y aura pas de retour en arrière possible… » Face au sublime Radd Tempest-Vane, Brin retient son souffle. Jamais elle n'a été aussi troublée par un homme, or celui-ci s'avère être son employeur ! Recrutée par Radd pour parer de fleurs le Kagiso Lodge, sa luxueuse villa sud-africaine qui abritera le mariage de l'année, Brin doit garder son sang-froid. Ce contrat pourrait en effet lancer sa carrière, ou la briser si elle perd la raison dans les bras de ce milliardaire qui lui sera à jamais interdit…

La reine du Nabhan, de Julieanne Howells - N°4508

Pour prouver l'innocence de son frère, Lily est prête à tout – et même à se faire passer pour la fiancée de Khaled, futur roi du Nabhan. Certes, elle n'a rien d'une princesse, mais elle n'aura aucun mal à feindre d'être amoureuse de Khaled, alors que celui-ci la bouleverse d'un seul regard. Mais tandis que tous deux se rapprochent, jusqu'à succomber à la passion dans les bras l'un de l'autre, Lily comprend qu'elle a mis en danger son cœur en prenant part à ce jeu si troublant…

Entre les bras de Marco Ferranti, de Kate Hewitt - N°4509

Marco Ferranti lui propose de l'héberger pour la nuit ? Malgré le calme qu'elle s'efforce d'afficher, Sierra sent une puissante fureur monter en elle. Cet homme arrogant et imbu de lui-même croit-il vraiment qu'après l'avoir humiliée de la pire des façons – en obligeant son père à la déshériter à son profit – il va pouvoir la mettre dans son lit ? C'est tout simplement hors de question ! Pourtant, alors que les inondations qui touchent la Sicile l'empêchent de repartir, Sierra se voit contrainte d'accepter. Mais elle se tiendra sur ses gardes, elle s'en fait la promesse. Car elle n'a pas confiance en Marco et ne peut se fier aux sentiments contradictoires qu'elle a toujours éprouvés pour lui…